작지만
반짝반짝

이공 지음

arte

오래된 금장 손목시계
옛날 글씨체로 쓰인 티켓
장갑, 반지고리, 카세트테이프 플레이어
조그만 향수병…

내 마음이 끌리는 물건들을
소중히 간직합니다.

차례

우리는 어쩌면 취향이에요

세 번째 상자.

소녀는
오늘도
꿈꾼다

작가의 말

문구는
내 보물

반짝반짝 빛나는 새 학용품

새 학기가 되면 문방구마다 새로운 학용품들을 진열하느라 분주했다. 평소와 다르게 매대 위에 가지런히 진열된 과목별 공책들은 상쾌한 긴장감을 주며 새 학기의 시작을 알렸다. 고무냄새를 풍기던 교과서 비닐 커버, 외국에서 건너온 신기한 필기구, 반짝반짝 빛나는 스티커, 빌딩처럼 쌓여 있는 과목별 참고서, 앙증맞은 캐릭터들이 수놓인 실내화까지, 모든 것들이 조명에 반짝이며 새 친구를 기다리고 있었다. 이런 문방구 풍경을 바라보는 것만으로도 내 볼은 빨개지고 심장은 터질 것만 같았다.

학교를 다니던 시절에 나는 뭐든지 중간인 아이였다. 성적도 중간, 키도 중간, 늘 중간을 지키는 아이. 크게 눈에 띄지 않는 학생. 학교생활 만족도도 나는 중간이었다. 지루한 수업은 싫지만 등굣길은 행복했고, 시험 기간은 싫지만 책상 앞에 앉아 있는 시간은 좋았다. 교복은 반듯하

게 입고 다녔지만 학생부 선생님은 괜스레 피해 다녔고, 수줍음이 많아 큰소리로 내 의견을 이야기하진 않았지만 학교 행사에 적극적으로 참여하던 딱 중간의 여학생.

문방구에서, 나는 갖고 싶은 물건들을 꼼지락꼼지락 만지며 내가 사용하는 모습을 떠올려보는 걸 좋아했다. '이 멋진 필통의 작은 주머니에는 친구들과 주고받는 편지들을 넣으면 좋을 것 같아', '여기 앙증맞은 캐릭터가 수놓인 양말을 신으면 더 잘 뛸 수 있을 것 같아', '외국에서 새로 들어온 가늘고 필기감이 좋다는 볼펜으로 필기를 하면 공부가 더 잘되지 않을까?', '저기 반짝이는 스티커를 핸드폰 위에 붙이면 센스 있는 여학생이 되려나?' 이처럼 상상이 비눗방울처럼 생기고 또 생겼다.

10대 시절 새 학기 준비는 내게 가장 중요한 행사이자 큰 기쁨이었다. 새 학기 학용품을 고르는 나름의 기준도 있었다. 지금 생각해보면 왜 이런 것들을 고민했는지 잘 모르겠지만 당시 나에겐 신중함이 필요한 인생 최대의 고민이었다. 나만의 기준으로 학용품을 엄선해 구입하고 돌아오는 날은 집이 참 멀게 느껴졌다. 집에 들어서자마자 재빨리 씻고 방문을 걸어 잠그고 스탠드 불빛만을 친구 삼아 책상 위에 오늘 사 온 친구들을 하나하나 나열해 놓는다. 새 공책에서 나는 특유의 냄새와 감촉, 투명하게 반짝이는 새 샤프의 촉, 상표를 떼지 않은 새 상품의 모습들. 눈으로 하나하나 기억하는 시간을 가졌다. '새 학기에 내 짝꿍이 누가 될지 모르지만 이번에 새로 산 지우개 정도는 빌려줄 수 있겠군. 새 지우개에 흑연이 묻는 게 싫기는 해도, 안 빌려주면 너무 야박하니까' 얼른 학교에 가고 싶고 뭐든 해낼 수 있을 것만 같은 희망이 차오르는 소중한 순간이었다. 딱 중간이었던 여학생 이공은 새 학기 시작만큼은 정말 일등이 아니었을까 싶다.

새 학기 학용품 고르는 방법

① 다른 친구들이 쓰지 않을 것 같은 신기한 필기구를 고를 것

② 선생님 몰래 쓸 스프링 노트를 고를 것(당시 과목에 따라 노트 필기를 검사하곤 했는데 스프링 노트를 쓰지 못하게 했다. 그 이유는 아직도 모르겠다.)

③ 오랫동안 사용해도 질리지 않을 디자인을 고를 것

④ 내 이름을 어디에 적을지 생각하고 고를 것

왼손잡이들의 세상인가 봐

초등학교 시절 국어 시간이었다. 연필로 글씨를 또박또박 써 내려가고 있었다. 빳빳한 새 교과서 위에 뭉툭한 연필을 쥐고 꾹꾹 눌러가며 서툰 글씨를 적어 내려가는 시간은 하품이 날 만큼 지루했다. 교실 안은 사각사각 연필 소리로 가득했는데, 그 사이를 파고드는 짝꿍의 시선이 느껴졌다. 짝꿍은 내 왼쪽에 앉아 있었는데 자꾸만 나를 쳐다보고 한숨을 쉬었다. 내 팔꿈치가 짝꿍과 자꾸 부딪친 모양이었다. 글씨를 못 쓰겠다는 듯 불만 가득한 짝꿍의 얼굴. 그때 나는 처음 알아차리게 되었다. 내가 왼손잡이라는 것을.

내가 초등학교에 다니던 때만 해도 왼손잡이에 대한 편견이 상당했다. 왼손잡이를 '빠꾸잡이(バック: 반대잡이, 왼손잡이를 부르는 속어)'라고 부르기도 했고, '왼손잡이는 고집이 세다', 또는 '세상 살기 불편하다' 등 단순히 왼손을

사용한다는 이유만으로 이단아 취급을 받았다. 짝꿍의 불만을 전해들은 선생님은 나를 교무실로 데려가셨다. 선생님은 책상 옆 작은 의자에 나를 앉히고는 단호한 어투로 말씀하셨다. "원래부터 왼손으로 글씨를 썼니?", "네, 그림도 왼손으로 그려요", "글씨는 오른손으로 쓰는 게 맞아. 오늘부터 오른손으로 글씨 쓰는 연습을 해보자"

선생님은 내게 숙제를 내주셨다. 일명 '오른손잡이 되기' 숙제. 국어 교과서의 문장을 오른손으로 따라 쓰는 숙제였다. 연필을 잡아본 자국이 조금도 없는 오른손에 연필을 억지로 끼워가며 글씨를 써 내려갔다. 힘이 들어가지 않은 상태로 쓴 글씨는 그렸다는 표현에 더 가까웠다. 반성문을 쓰는 것만 같은 기분이 들었다. 왼손을 쓰면 안 되는 이유를 물어보지는 못했지만 사람들이 좋아하지 않는다는 것 정도는 눈치챌 수 있었기에 숙제를 해가며 오른손으로 글씨를 쓰는 것에 적응해보려 했다. 한 달쯤 지났을까? 시간이 지날수록 숙제는 선생님의 기억에서 잊혔다.

초등학교 때에는 왼손잡이라는 이유로 늘 구석 자리에 앉기를 간절히 원했다. 상대방의 팔꿈치와 닿지 않도록 반대 자리에 앉고 싶어 했다. 공부를 할 때나 밥을 먹을 때,

어디서든 나란히 앉아야 하는 순간이면 조금이라도 늘 긴장감이 생겼다. 왼손잡이가 신기하다는 듯이 바라보는 시선도 불편했다. 나는 그림도 잘 그렸고 글씨도 제법 잘 썼는데, 그럼에도 불구하고 왼손을 쓴다는 이유만으로 사람들이 나를 어리숙한 사람처럼 보고, 글씨 쓰는 걸 대단해하고, 나조차도 내가 왼손잡이인 것을 부끄러워하게 되는 상황들이, 영 마음에 들지 않았다.

디자인 특성화 고등학교에 입학해 처음 자리를 배정받던 날도 마찬가지로 긴장이 되었다. 하지만 전혀 예상치 못한 상황을 맞닥뜨리고 너무 기뻤다. 왼손잡이의 비율이 상당히 높았던 거다. 내 짝꿍도, 내 앞, 뒷자리 친구들도 모두 왼손잡이였다. '와, 이곳은 왼손잡이들의 세상인가 봐!' 이 친구들 사이에서는 내가 왼손을 쓰는 것이 그다지 눈에 띄지도 않았고, 왼손잡이끼리 앉아도 팔꿈치가 부딪치지 않았다. 이때부터 왼손잡이인 내 모습이 좋아지고 왼손잡이라는 것을 의식하는 일도 줄어들었다.

아버지와 왼손잡이에 대한 이야기를 나눈 적도 있다. 아버지도 어릴 적엔 왼손잡이였지만 학습에 의해 오른손을 쓰게 됐다고 하셨다. 하지만 그 과정이 너무 끔찍했고, 불

필요하다고 판단하여 내가 왼손을 쓰는 것 자체를 대단하게 생각하지 않았다고 하셨다. 맞다, 대단하지 않은 거다. 단순히 방향의 차이다. 초등학교 이후로 내가 왼손을 사용하는 것에 대해 충고를 하거나 고치려고 든 사람은 아무도 없었다. 그런데도 나 스스로 왼손에 연필을 쥐고 있는 나를 아무도 쳐다보지 않았으면 하는 바람과 긴장감으로 꽤나 오랜 시간 숨죽였고 부끄러워했다.

뒤늦게 깨달은 점이 있다면 왼손잡이와 오른손잡이가 나

란히 앉아 팔꿈치가 부딪히면 서로 자리를 바꾸어 앉으면 된다는 것이다. 자리만 바꾸면 왼손도 오른손도 부딪칠 일이 없다는 것과 왼손잡이인 나는 오른손잡이 남자친구와 밥을 먹는 동안에도 손을 잡을 수 있다는 즐거움도 발견했다. 나는 지금도 지하철 개찰구를 통과할 때면 오른쪽 카드인식기에 왼손으로 지갑을 얹는다. 어느 쪽인지 헷갈려 잠시 멈칫할 때도 있고 내 팔이 꽈배기처럼 꼬여 우스꽝스러워질 때도 있지만 크게 불편하진 않다. 왼손잡이의 날이 있다는 것도 알게 되었다. 왼손잡이용 그림 도구가 출시되는 것이 반갑고 간혹 관공서에 비치된 펜꽂이가 왼쪽에 있는 것을 발견할 때도 기쁘다.

♥

엄마도 딸도 반한 캐릭터 문구

내 마음이 제일 많이 애탔고 또 두근거렸던 곳, 바로 문방구이다. 이곳에서 나는 처음으로 '결핍'이라는 감정을 경험하게 되었다. '내 것'에 대한 욕심이 강해서 그만큼 결핍감도 유독 더 컸을 것이다. 갖고 싶지만 사지 못한 문구들을 눈에 꼬옥 담아 집에 돌아와선 일기장에 하나하나 그려놓곤 했다.

고무냄새가 짙게 나는 비닐 다이어리, 글리터가 들어간 지우개, 삼단으로 멋지게 열리는 자동 필통, 스노 볼이 달린 열쇠고리, 알록달록 빛나는 공책 더미들을 하나도 놓치지 않고 기억해 그렸다. 문방구를 어찌나 사랑했는지 당시의 내 일기장은 가지고 싶은 문구에 대한 이야기와 그림들만으로 빽빽했다. 이것은 반짝여서 좋고, 저것은 좋아하는 컬러여서 좋고, 또 어떤 것은 흔하지 않아서 가지고 싶다고…. 좋아하는 이유도 참 다양했다. 읽고 쓰고 그리며 붙이는 행위를 사랑하던 어린 내게 처음으로 피어오른 열정이었다.

가냘픈 플라스틱 위에 인쇄된 캐릭터들은 누구보다 밝게 미소짓고 있었다. 어린 나를 끙끙 앓게 했던 캐릭터는 콩콩이, 발렌타인, 소담이 등이었다. 국내 캐릭터 황금기의 주인공이었던 내 친구들! 이 캐릭터들의 매거진과 입체 편지지 같은 상품들이 매달 쏟아져 나를 설레게 했다. 캐릭터 매거진 뒤에 입체 편지지 페이지가 있었는데 나는 새로운 입체 편지지를 가위로 자르고 풀로 붙이고 상냥한 설명을 따라 조립을 하며 시간을 보냈다. 나는 어쩌면 캐릭터 덕분에 편지를 쓰게 되고 가위와 풀을 더 잘 사용하게 되었으며 추억을 담는 방법을 배웠는지도 모르겠다. 더불어 나의 유년에 꿈을 심어준 그 캐릭터와 문구를 제작한 디자이너들의 노력에 감사와 존경의 마음을 갖게 되었다.

영원할 것 같던 내 문방구 사랑도 한 살 한 살 나이를 먹어갈수록 조금씩 잊혔다. 매일 문방구 문 앞에서 수줍게 서성이고 문구 관찰일기를 쓰던 나는 중고등학교를 거쳐 대학교에 입학하면서 어린 시절의 나를 까맣게 잊고 지냈다. 그러다 일러스트레이터가 되어 작업을 위해 어릴 적 일기장을 찾아보던 중, 잊고 있던 문구 사랑을 다시 떠올리게 되었다. 누구보다도 열정을 가지고 열심히 문구를 탐구했던 여덟 살의 나와, 나의 결핍과 사랑을.

나는 다시 움직이기 시작했다. 갖고 싶던 캐릭터 문구를 일기장에 빽빽이 기록했던 어린 시절의 내게 보상을 해주듯, 보고 기억하고 기록했던 문구들을 모티프로 문구를 제작해나갔다. 어린 시절의 추억과 여덟 살 내 열정에 보상해주고픈 마음과 좋아하는 문구를 가지지 못했던 아쉬움이 똘똘 뭉쳐 나를 움직이게 했다. 어느 정도 각오는 하고 있었지만 십여 년이 지난 과거의 상품들을 재현해내는 것은 쉽지 않았다. 공장에선 더 이상 주문이 없는 과거의 제작 방식을 다시 할 이유가 없었고 지난 시간 동안 세상은 더 완벽하고, 견고하고, 세련되게 변해 있었기 때문이다. 기억이란 아름답게 왜곡되기도 해서 내 기억을 기준으로 문구를 제작하는 일은 수없이 많은 수정을 거쳐야 했다.

어린 시절의 내 꿈이자 좋아했던 것에 대한 보상을 해주는 마음을 담아 '리멤버 유어 걸후드REMEMBER YOUR GIRLHOOD'라는 슬로건을 만들고 내가 만든 문구에 넣었다. 문구를 사용하며 나처럼 어린 시절의 황홀함을 떠올렸으면 하는 마음과 함께, 지금 이 순간을 새로운 'GIRLHOOD(소녀 시절)'로 만들어갔으면 하는 마음을 담았다. 브랜드 이름을 '스탠다드러브댄스STANDARDLOVEDANCE'로 지었는데, 다양한 세대의 반짝이는 GIRLHOOD들이 모여 밝은 에너지를 발산할 수 있는 공간이 되기를 바란다. 매장에 모녀 손님이 종종 방문하는데 "이거 엄마 어릴 적에 썼던 거야, 너도 한번 써볼래?"라는 대화를 들은 적이 있다. 너무도 짜릿한 순간! 내 문구를 통해 세대가 공유하는 순간을 직접 목격하니 나의 큰 꿈을 이룬 것만 같았다. 20년도 더 지난, 나의 어릴 적 꿈들이 더 빛날 수 있도록 '리멤버 유어 걸후드'라는 슬로건을 나도 따라 갈 생각이다.

나만의 작은 세상

연말이면 늘 새 일기장 구입을 서두르며 열을 올린다. 일 년을 함께해야 하기 때문에 꼼꼼하고 깐깐하게 고른다. 먼슬리monthly의 레이아웃은 어떤지, 위클리weekly의 공간은 넉넉한지, 제본이 단단하게 되었는지, 이 일기장과 함께 일 년을 함께 할 볼펜은 어떤 게 좋을지까지, 나만의 기준으로 일기장을 고르는 순간은 언제나 즐겁다.

일기를 쓰는 시간도 역시 좋은데, 나에겐 일기장과 노는 시간이라고 표현하는 게 적절한 것 같다. 하루에도 수십 번씩 필요한 순간에 펼쳐보는 일기장이지만, 잠들기 전 스탠드 불빛 아래서 일기 쓰는 시간이야말로 가장 중요한 때다. 남들 보기엔 참 우스울 수 있지만 몸을 정갈히 씻고 나와 할 일을 모두 마친 후 가벼운 마음으로 일기 쓸 준비를 하는 게 나에게는 무척 중요한 일과다.

♥

일기장 사용법

① 새 일기장을 사면 맨 뒤 페이지에 새해 목표를 적는다. 꿈은 클수록 좋다. 그해의 마지막 날, 내가 세웠던 목표를 보고 얼마나 달성했는지 체크하는 재미가 있다.

② 하루 동안 기억에 남는 일 3가지(그 이상도 좋다)를 꼽아 먼슬리 칸에 적는다.

③ 위클리 칸으로 넘어와 더 자세하고 꼼꼼하게 적는다. 가끔 위클리 칸이 부족할 정도로 쓸 이야기가 많다면 빈 곳에 페이지 번호를 만들어 이동하여 적는다. 일기를 쓰지 못하는 날이 있더라도 기억을 잃어버리기 전에 꼭 기록하자.

④ 솔직하게 적는다.

⑤ 늘 같은 볼펜으로 적는다.(새로운 일기장을 사면 그 일기장에 쓸 펜도 정해놓는데 나는 그 펜이 없으면 어떠한 것도 쓰려 하지 않는다.)

평범한 일상이지만 일기에서는 내가 주인공이다. 가끔 아무 일정도 없는 날인데 일기에 쓸 내용을 만들기 위해 움직인 날도 있다. 분주하게 보낸 하루를 작은 먼슬리 칸에 담아야 할 땐 스스로 오늘 하루 잘한 일 콘테스트를 연다. 때때로 냉정하게 반성해야 하는 일들도 순위에 올리곤 하는데 행복이나 기쁨만을 기록으로 남기고픈 마음을 크게 양보하는 기분도 든다.

일기장은 그야말로 나만의 작은 세상이어서 이루지 못할 큰 바람이나 무한한 상상을 적어도, 속상한 마음이나 세상에 대한 험담을 적어도 걱정이 없다. 종종 생각이 너무 많아 잠을 이루지 못하는 나에겐 일기만 한 친구가 없다. 어떤 이야기도 오랫동안 묵묵히 들어주는 고마운 친구. 오늘 내가 무슨 이야기를 들려줄지 나를 향해 팔을 벌려 기다려주는 친구. 고민거리가 생기면 예전엔 어떻게 헤쳐나갔는지 일기장을 펼쳐보기도 하고, 잊고 있던 나의 취향과 추억을 다시 알 수도 있어 끊임없이 나 자신과 소통하게 해주는 매개체이기도 하다.

어느 날

매일같이 그려도 그림 그리는 게 낯설 때가 있다. 늘 쓰던 연필도 사용하던 색상도 낯설게 느껴지고, 내가 그동안 무엇을 그려왔는지 지금은 무엇을 그려야 하는지 내 앞에 놓인 백지처럼 머리가 하얘지는 순간이 종종 찾아온다. 나는 진땀을 흘리다가 찬찬히 주변을 둘러본다. 꿈을 꾸는 듯 물속에서처럼 느릿느릿 주변을 둘러보다가 책상 뒤편의 캐비닛을 열어본다. 캐비닛 안에는 내가 사용한 일기장들이 반듯하게 들어 있는 상자가 있다.

커버에 아크릴 물감을 덕지덕지 발라놓은 일기장도 있고, 반짝이는 홀로그램 스티커들로 누가 봐도 내 것인 일기장도 있고, 참으로 심플하기 그지없는 일기장도 있다. 해마다의 내가 나타나 시끄럽게 떠드는 것 같다. 모두 펼쳐본 지 오래된 것들이지만, 그중 제일 눈에 들어오는 녀석을 하나 집어 든다.

안에 무언가 많이 들어 있어서인지 잘 다물어지지도 않는, 마치 입을 벌리고 있는 것처럼 보이는 일기장이다. '할 말이 많아 보인다, 너' 보고 있자니 웃음이 나왔다. 고등학교 1학년 때 쓰던 일기장이다. 연필로 삐뚤빼뚤 적어놓은 일기장은 세월의 흐름을 이야기해주는 것처럼 흑연이 번졌고, 붙어 있던 영수증의 잉크는 모두 날아가 백지가 되었다. 시간 참 빠르네. 일기를 하나하나 읽어본다. 새벽에 쓴 러브레터처럼 어딘가 모르게 부끄러워서 읽어나가는 데 용기도 조금 필요하다.

3월 2일. 고등학교 입학식 날의 이야기로 일기장의 첫 페이지가 시작되고 있다. 새로운 교복, 새로운 학교, 그리고 새로운 미술학원 이야기. 모든 게 새로웠던 그날, 나는 꽤나 긴장을 했나 보다. '풋풋하다, 풋풋해'

7월 18일. 미술학원을 땡땡이 친 이야기다. 내가 기억하는 고등학교 시절 내 모습은 튀지 않는, 모범생 같은 이미지인데 나름 조용한 반항도 했나보다. 아주 칭찬해주고 싶다! 충동적으로 미술학원을 결석하고 친구와 놀기로 했는데, 이상하게 기분이 그다지 좋지 않았고, 친구와 아무 말 없이 걷기만 하다가 집에 돌아온 미지근한 결말로 일기가

끝난다. 귀엽기도 하고 바보 같기도 하다. '이왕 결석한 거 신나게 놀아버리지 왜 그랬을까'

고등학교 1학년 때 쓰던 이 일기장에는 미술학원 이야기가 많이 등장한다. 당시에 입시 미술을 답답해하는 내 마음이 가득 담겨 있다. 내게 미술학원은 뚜렷한 목표가 있어서라기보다 그냥 그림을 배워보고 싶은 마음에 들른 곳이었다. 얼떨결에 학원 등록을 하고 커리큘럼을 따라가다 보니 대학 입시까지 준비하게 되었다. 어릴 때에는 자유롭게만 그림을 그리던 내가 대입 실기 준비를 위한 그림, 매뉴얼에 따라야 하는 그림을 연습하는데, 너무도 딱딱하고 어려웠다. 미술학원에서는 연필을 잡는 법부터 사용해야만 하는 컬러, 형태, 구도, 그리고 생활 습관까지 오로지 대학 합격에 모든 포커스가 맞춰져 있었고, 나는 걸음마부터 다시 배워야 하는 어린아이가 되어 꾸역꾸역 떠밀려 흉내 내듯 선을 그었다. 누군가 내가 그림 그리는 모습을 보는 게 부끄러워 연필을 깎으며 시간을 보낼 때도 있었다. 정해진 시간 안에 그림을 완성하지 못해 늘 지적을 받고, 내가 즐겁고 자유롭게 그리던 스타일은 낙서인 것만 같고, 내가 못 하는 스타일을 그려내야만 하는 시간들이 괴로워 도망치고 싶던, 내 인생의 첫 고비. 친구들과

♥

어울려도 무언가 고민이 담기던 눈동자. 우물쭈물 교복 블라우스 소매 끝을 만지작거리며 지루해하던 손.

나는 일기를 읽으며 생생하게 떠오르는 장면들을 스케치해나갔다. 어렸을 때부터 그림 그리기를 무척이나 좋아해서 그림에 대해서는 나름 자부심이 컸다. 그런데 열일곱이 되어 입시 미술을 익히면서 혼란스러움, 막막함, 두려움, 섬세해진 감수성이 뒤섞여 어쩔 줄 모르는 날들을 맞닥뜨렸다. 이 시기 일기장에 적힌 이야기 하나하나가 그림으로 다시 기록되었고 '걸 스튜던트Girl Student'라는 주제의 시리즈가 되었다. 일기장이 그림의 소재가 된 첫 작업이기도 하고, 내가 가장 좋아하는 그림이기도 하다.

언제나 빵순이

세상 제일가는 빵순이였던 나는 겨울 아침에 빵집 앞을 지나는 게 무척 좋았다. 콧등을 스치는 갓 구운 빵 냄새, 김이 모락모락 날 것 같은 빵집 특유의 따뜻함을 마주할 때면 '아, 이런 행복을 위해 겨울이 있나봐'라며 행복해하곤 했다. 갓 구운 소보로빵을 유독 좋아했는데 겉은 달콤하고 바삭한데 앙 물었을 때의 식감이 폭신한 게 너무 좋았다. 하루에 3개씩 꼭꼭 먹었다. 마치 빵이랑 약속이라도 한 것처럼. 용돈이 넉넉하면 양손 한가득 소보로빵을 사 들고 집에 가기도 했다. 빵을 사고 돌아오는 길에는 이런저런 빵 생각에 잠겼다. '빵의 이름은 왜 빵일까? 어쩜 이렇게 이름도 귀여울까? 소리 내서 말할 때 나의 입 모양도 빵을 닮게 되는군! 부드러운 빵의 마음을 본받고 싶다' 빵을 생각하면 늘 신이 났다. 의사 선생님이 나에게 밀가루 금지령을 내리기 전까지.

♡

사춘기가 되면서 아토피 피부염이 점점 심해졌고 결국 밀
가루 섭취를 피하라는 경고를 들었다. 세상이 무너지는
것 같았다. 소박한 내 행복을 빼앗은 의사 선생님이 원망
스러웠다. '학교를 가지 말라고 한다면 나는 아쉬운 내색
을 하면서 얼마든지 말을 잘 들을 자신이 있는데…. 하필
이면 왜 내가 제일 좋아하는 소보로 빵은 밀가루로 만든
건지. 아니, 소보로 빵에겐 죄가 없다. 못난 내 피부가 잘
못이다!' 꽤 오랫동안 나는 투덜거렸다. 아주 가끔은 죄책
감을 느끼며 빵을 조금 먹었는데, 그러면 어김없이 피부
에 붉은 상처가 났다. 빵을 먹고 싶은 마음을 참으며 빵을
서서히 끊었다.

빵을 별로 먹지 않는 지금도 빵집 앞을 그냥 지나치는 게
안 될 때가 있다. 빵을 생각하면 마음이 설레서. 나는 빵 하
나하나를 자세히 구경한다. 언덕 위에 새하얀 눈이 내린 것
처럼 슈가 파우더를 뿌린 쇼트케이크, 꽈배기 니트 같이 재
미있게 생긴 애플파이, 폭신한 이불 같은 우유식빵, 듬직
하게 서 있는 멋쟁이 바게트빵, 그리고 내가 너무 사랑했
던 소보로빵. 빵을 바라보는 나의 마음은 설레면서도 괴로
워 참 복잡하다. 지금은 아토피 피부염이 깨끗하게 사라져

무구는 내 보물

서 먹어도 괜찮은데 빵 앞에서 나는 여전히 작아진다. 빵을 담는 트레이를 들었다 놓았다 하다가 결국 나는 빵 사는 것을 포기하고 나와버린다. 가끔은 가게 주인에게 미안해서 빵이 아닌 엉뚱한 걸 사기도 한다. 생일 축하용 초라든가, 카운터에 진열된 캔디 같은 것. 빵 하나쯤 먹어도 괜찮은데 또 아직은 아닌 것 같다는 이상한 마음이 생겨난다.

그래서 누군가의 생일 케이크를 사거나 빵을 선물할 일이 생기면 가벼운 마음으로 기쁘고 신나게 빵을 마음껏 집는다. 그동안 사지 못한 빵을 실컷 사겠다는 듯이!

'좋아하면서도 나를 위해서는 빵을 사지 못하는 마음은 참이상해. 나와 빵 사이를 갈라놓는 이상한 마음의 정체는 뭘까?' 고작 빵 앞에서 고민에 빠지는 내 마음에 대해 곰곰이 생각해봤다. 어릴 적 좋아하던 빵을 못 먹게 된 충격에 생긴 트라우마라고 하기엔 너무 거창하다. 빵을 먹지 않겠다는 다짐을 깨지 않고 싶어서 오기를 부리는 것도 아니다. '이상한 마음'의 정체는 바로 미안함이다! 나는 소보로빵을 간식 이상으로 정말 좋아했던 거다. 감수성이 풍부한 어린아이였던 나는 소보로빵에게 미안했던 거다. 매일같이 만나던 소보로빵을 한순간에 멀리하게 되고, 기약

없이 일방적으로 '안녕' 해버린 일이 지금까지도 마음에 찜찜하게 남은 것이다. 소보로빵에게 미안함을 느껴서라니, 나도 참 우습다.

딱 하나뿐인 양수책상

———————————————————

　　좋아하는 것을 꽁꽁 숨겨두었다가 홀로 꺼내어 보고 싶어 하는 성격이라 '좋아하는 것'을 다람쥐처럼 조금씩 모으다보니 나만의 기준이 생겨서 점점 '좋아한다'는 표현을 아껴 쓰게 되었다. 작은 부분까지 내 마음에 완벽하게 맞아들 때 비로소 '좋아한다'는 말을 붙이곤 했다. 그러나 오래 쓰던 책상을 새 걸로 바꾸게 되면서 덜컥 어려움이 생겼다.

내가 오랫동안 책상으로 쓰던 것은 4인용 식탁이었다. 넓고, 넓었다. 넓은 것 외에는 어떠한 장점도 없었다는 말이다. 생일을 핑계 삼아 나에게 주는 선물로 새 책상을 구입하기로 마음먹었다. 이왕 새로 구입하는 김에 어릴 적 가지고 싶던 양수책상을 구입하기로 했다. 책상 위에 상부장이 연결되어 있고, 양 옆에 서랍이 달려있는 늠름한 디자인의 양수책상. 어릴 적 친척 언니의 방에서 보았던 양수책상! 스탠드까지 달려 있어 독서실 책상 같기도 했지만 양수책상만의 아늑한 분위기를 늘 동경했다.

나는 마음에 쏙 드는 책상을 만나기 위해 깐깐한 잣대를 들이대며 내 책상을 찾아다녔다. 국내에 있는 모든 가구점에 문의를 했지만 돌아오는 대답은 "오래된 디자인이라 이제는 단종됐어요", "아이들 용으로 나오는 거라 어른이 사용하기엔 많이 작을 거예요" 한 달 동안 책상 찾기에만 몰두했는데도 디자인, 사이즈, 컬러 중 어느 하나가 아쉬워서 마음에 드는 책상은 찾지 못했다. 전국에 있는 양수책상 카탈로그를 다 보고도 내가 원하는 책상은 만나지 못해 의기소침해져 있는데 짝꿍이 말했다. "그러지 말고 제작 의뢰를 해보는 건 어때?"

'아차차! 나 혼자 머릿속에 그려놓은 책상이 판매용으로 나와 있는 건 드문 일일 텐데 왜 이 생각을 못했지? 세상에 단 하나뿐인, 나를 위한 책상을 만들자' 아이디어를 준 짝꿍이 너무너무 고마웠다. 손끝이 간질간질 했다. 꿈에 그리던 책상의 모습이 혹여나 달아나기라도 할까, 신이 난 마음을 붙들고 연필을 집어 들었다.

나는 내가 원하는 책상을 정확하게 그려보았다. 이미 머릿속에 그려놓은 책상의 모습을 종이로 옮기는 것은 하나도 어렵지 않았다. '기본 디자인의 양수책상에 차분한 나무 컬러여야만 해' 친척 언니의 책상처럼 말이다. '수납공간도 많아야 하고' 내가 좋아하는 것들을 모두 책상 안에 넣어두고 싶었다. '무인도에 갈 때 딱 하나만 가져갈 수 있다면 주저 없이 이 책상을 골라야지' 내 키와 앉은키를 계산하고 의자가 들어가는 공간과 내 생활 패턴을 고려해 적어 내려갔다. 욕심을 부려 코너 부분에 라운딩을 주고, 서랍 손잡이부터 책상 전체의 크기, 제작에 쓰일 나무까지 하나하나 골랐다. '세상에 단 하나뿐인 내 책상이니까 네임 태그도 꼭 달아주어야지' 신이 나서 그림을 그리고 적다보니 10장에 가까운 기획서가 탄생했다. 간신히 욕심을 절제하며 4장으로 요약해 목공소에 전달했다. 목공소 사장님과 매주 만나 진행 과정을 확인하고 한 달가량을 들여 내가 원하는 책상을 갖게 되었다!

책상이 배송되어 온 날 밤, 벅찬 마음에 새벽까지 멍하니 책상을 바라보며 잠을 이루지 못했다. 당장 무인도에 가더라도 이 책상과 함께라면 외롭지 않을 것 같았다. 시간이 좀 걸려도, 비용이 좀 더 들어도, 내 마음에 쏙 드는 책

문구는 내 보물

상을 만들길 참 잘한 것 같다. '좋아하는 것에 대한 기준이 좀 높으면 어때. 좀 깐깐하면 어때. 좋아하는 것을 놓지 못하는 고집스런 마음 덕에 제작 의뢰를 하니, 어릴 적 내 꿈을 또 하나 이루는 어른이 되었잖아' 나를 스스로 칭찬하면서 까다로운 내 마음을 조금은 더 유지해도 좋을 것 같다는 안도의 마음이 들었다. 세상에 단 하나뿐인, 나만을 위한 것을 만나기 위해, '좋아한다'는 말은 역시 아끼기로 한다.

꿈이 몽글몽글한 곳

매일 학교 앞 문방구만 가던 나였는데, 대입 준비를 위해 미술학원에 다니면서 화방이라는 곳을 가게 되었다. 당시 미술학원은 인천의 한 번화가에 있었는데 그 주변의 크다는 화방을 물어물어 찾아갔던 기억이 난다. 학원 수업에 필요한 재료를 구입하러 생애 처음으로 들어선 화방은 큰 무지개 같았다. 차마 쉽게 들어가지 못하고 그 웅장한 광경을 한참 바라보았다. 머리가 살짝 어지러웠을 정도로 꽤나 충격이었다. 나의 전부였던 학교 앞 문방구보다 열 배, 아니 백 배는 더 크게 느껴진 화방은 어린 나에게 놀이동산이자 천국이나 다름없었다. 울렁거리는 마음을 두 손으로 꼬옥 누른 채, 하나하나 꼼꼼히 매대를 눈으로 읽어갔다. 화방은 문방구와 확연히 달랐다. 내 키보다 큰 진열장들이 높게 벽을 둘러 서 있었고, 가짓수를 알 수 없을 정도로 다양한 형형색색 물감들이 내 방보다 큰 매장에 진열돼 있었다. 좀 더 체계적이고 다양한 물건들이 줄지어 있는 화방에 마음을 빼앗길 것 같았지만, 괜스레 문방구에게 미안해져서 꽤 오랫동안 이 설렘을 부정했다. 정다운 느낌은 덜해도 확실히 무언가를 만들고 싶다는 마음이 들게 하고 의욕을 간지럽히는 이상한 기운이 감도는 곳. 문방구는 학교 공부를 위해, 혹은 학교생활을 좀 더 즐겁게 할 수 있게 해주는 공간이라면, 화방은 내 꿈과 상상을 현실화하는 데 더 필요한 곳이라는 인상을 받았다.

마음이 건조하거나 영감을 받고 싶을 때면 나는 미술관보다 화방에 간다. 차분하면서도 북적이는 그곳의 분위기를 사랑한다. 그림 그리는 사람을 환영해주는 분위기랄까. 묵직한 분위기가 주는 위로가 있는 듯하다. 각종 염료와 오일, 깨끗한 종이, 오일파스텔과 마카, 물감, 석고 재료와 도구들이 나무 선반 위에 재료 상태로 가지런히 진열된 모습을 볼 때면 화방에 왔다는 안도감에 평화로움마저 느낀다. 다시금 새로운 꿈이 마음에 몽글몽글 생겨나게 해주는 위로의 공간이자 친구 같은 곳.

나는 화방에서 나를 진단하고 치료하기도 한다. 가끔 마음을 비우고 싶을 때면 종이 코너에 간다. 내 키보다 훨씬

높은 곳까지 빼곡하게 채워져 있는 도화지를 보고 있으면 녹은 마시멜로우가 떠오른다. 깨끗한 도화지 특유의 따뜻한 흰색이 연필을 드는 순간을 응원하는 것만 같다. 다시 연필을 들고 시작해도 괜찮다는 도화지의 말소리가 들리는 것 같다.

꾸물꾸물 무언가를 시작하고픈 동기를 얻고 싶을 땐 알록달록한 채색 도구 코너 앞에 선다. 색 하나하나를 들여다보아도 제 나름대로의 반짝임이 묻어나지만, 한 발자국 뒤에서 수많은 색들을 한 번에 바라보면 또 다른 느낌이 든다. 각자 멋진 색을 뽐내며 자리를 지키고 있는 풍경을 보고 있자면 어디선가 재잘재잘 떠드는 듯한 목소리가 들리는 것 같고, 부딪히고 뒤엉키며 풍기는 모습이 치열해 보이기까지 한다.

작은 세상의 거인이 되고 싶다면 건축 모형 재료 코너에서 이공 동산을 만드는 상상을 해본다. 높이 솟아 있는 가로수도 이곳에선 내 손가락보다 작다. 동산 중간에 아치형의 멋진 다리를 만들어야지. 바닥에는 회색 아스팔트 대신 연보라색 모래를 뿌려줄래. 마치 심즈 게임을 하는 것 같은 기분도 든다. 내가 만드는 작은 세상은 과연 어떤 모습을 하고 있을까. 그 세상의 사람들은 행복할까. 설마 일만 하는 건 아니겠지?

마음이 급하고 초초해질 때는 유화 코너에서 오일들을 만져본다. 나는 유화를 그려본 적이 없어서 유화 도구들이 늘 신기하고 멋져보인다. 유리병 안에서 찰랑거리면서도 특유의 느긋함을 잃지 않는 움직임을 보고 있으면 내 마음도 느긋해진다.

넓은 화방을 구석구석 돌아다니다 보면 어느새 시간이 훌쩍 흘러 있다. 시계를 힐끔 보고 그제야 필요한 연필 몇 자루와 드로잉 북 한 권을 집어 계산대 앞에 선다. 점원과 짧은 대화를 나누며 계산을 하는 동안, 무언가 빠뜨린 것 같은 아쉬움에 뒤를 돌아본다. 우리 아빠가 화방 주인이었으면 좋겠다고 속으로 중얼거리며 화방을 빠져나온다.

화방은 내가 내는 돈에 비해 얻어가는 것이 더 많은 곳인게 분명하다. 디자인과 학생이라 과제를 핑계 삼아 자주올 수 밖에 없었던 날들, 많고 많은 재료 중에 화방에서만 구입할 수 있는 재료를 사기 위해 자주 와야 했던 날들에 감사한다. 평범한 화방 안에서 특별함을 느낄 수 있고, 많

은 컬러를 읽을 수 있는 눈이 있다는 것에도 감사한다. 도
화지의 하얀 마음을 만날 수 있고, 작은 내가 거인이 되게
해주는 화방에 앞으로도 늘 감사하고 싶다.

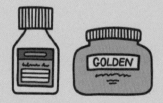

조그만 편지, 커다란 마음

종이 끝을 만지작거린다. 뭉툭한 연필이 좋아서 굳이 깎지 않는다. 작게 심호흡을 하고 연필을 든다. '안녕, 나야' 상투적인 인사말을 적고는 그다음 할 말을 떠올리며, 연필을 손 위에서 뱅그르르 돌린다. 괜스레 오늘 날씨가 어땠는지 적고, 어제 먹었던 카레가 무척 맛있었다며 꼭 같이 가자는 기한 없는 약속도 적는다. '잘 지내고 있지?' 안부를 묻는다. 이 말을 하려고 재미없는 내 이야기를 한참 동안 중얼중얼 써 내려간 셈이다.

자주 만나지 않아도 SNS 덕분에 친구의 근황은 잘 알고 있다. 그래도 안부를 묻고 싶다. '보고 싶다'는 말은 조금 간지러우니까 대신 친구와의 추억을 더듬어가며 '그때 기억나냐'고 적는다. 이 이야기 저 이야기 적다보니 벌써 종이 한 장이 가득 찬다. 삐뚤빼뚤 써 내려간 글자가 마음에 들지 않아 다시 써야 할까, 잠시 고민하다 마음을 접는다.

'우측 모퉁이에 공간이 많이 남았네. 일부러 채워 넣은 티가 나지 않게 자연스럽게 친구의 얼굴을 그려 넣을까? 그 애 눈썹은 어떻게 생겼더라, 웃을 때 입꼬리가 어느 정도 올라갔었지?' 한참 얼굴을 떠올려보다가 결국 내 마음대로 그려버린다. 닮아 보이지가 않는다. 혹시나 친구가 못 알아볼까 봐 얼굴 옆에 이름을 적고 굳이 화살표까지 그려 넣어준다. '아 맞다, 이 친구가 키우는 강아지가 있었지' 얼굴 옆에 나란히 강아지의 얼굴도 그려준다. 할 말이 더 떠올라 다음 장으로 넘기는데 꾹꾹 눌러 적은 글자 자국이 선명하다. '건강하게 잘 지내'라며 끝인사를 적고 날짜와 내 이름을 정성껏 적는다. 내 이야기를 잔뜩 적은 편지지를 세워 책상 위에 톡톡 치며 끝을 맞춘다. 편지 봉투에 넣을까 하다가 뭔가 거창한 이야기가 들어 있는 느낌이 들까 봐 쪽지 모양으로 접는다. 반듯하게 세로로 접어 긴 막대를 만들고 돌려가며 또 접어준다. 내 땋은 머리같이 한 땀한 땀 접히고 꼬여 딱지 같은 편지가 완성된다.

내일 만날 때 이 편지를 어떻게 건넬지 잠시 상상해본다. '어젯밤 너를 생각하면서 썼다고 하면 부담스러울 게 분명해. 친구가 잠시 화장실에 갔을 때 몰래 가방 속에 넣어줄까. 그러다 내 편지를 찾지 못하면 어쩌지. 그래, 작은 선

물에 붙여 줘야겠다' 약속 시간보다 서둘러 집을 나선다. 만나기로 한 장소 근처에 있는 캔들숍에 가서 친구를 생각하며 가장 어울리는 향의 캔들을 골라 포장을 부탁한다. 조금 우습게도 편지를 위해 선물을 고른 셈이 되어버렸지만 그래도 괜찮다. 선물의 가장 잘 보이는 곳에 편지를 붙이고 약속 시간보다 조금 빨리 약속 장소로 향한다.

편지를 쓰는 일은 언제나 내 기분을 들뜨게 한다. 특별한 날이 아니더라도 조그만 편지를 쓰려고 한다. 핸드폰 속 딱딱한 메시지보다 한 글자 한 글자 상대방을 생각하며 눌러 쓴 못생긴 내 글씨가 마음을 더 잘 전해줄 거라 믿는다. 정성껏 편지지를 고르고, 사각사각 글을 써 내려간다. 편지를 쓰는 순간만큼은 오롯이 상대방에 대한 생각으로 마음이 가득 찬다. 친구에게 편지를 전해주고 집에 돌아와서도 여운이 가시지 않는다. '친구는 지금쯤 내 편지를 읽었을까? 아직 읽지 않았을까?' 가끔은 내 편지에도 '읽음' 표시 기능이 있으면 좋을 것 같다고 생각하다가 '언제든 읽으면 되지' 하며 혼잣말을 한다. 반대로 내가 편지를 받으면 얼른 읽어 보고 싶어 서둘러 집에 온다. 편지를 쓰는 순간만큼은 내 생각을 했을 거라는 생각에 한 글자 한 글자 놓치지 않고 집중해 읽는다. 친구의 손글씨로 적힌 내 이름은 더 빛이 나는 것만 같다. 편지 속에는 상대방의 시간과 마음이 고스란히 담겨 있다. 편지 속에 그림이라도 그려져 있으면 감동이 배가 된다. 큰 감동을 담기엔 편지 봉투는 턱없이 작다. 편지 봉투가 유람선만큼 커야 마음을 다 담을 수 있으려나? 그러면 우체통은 얼마나 커져야 하나 싶지만.

우리만의 스크랩북

고등학생일 때에는 예쁜 포장용품을 모으는 데 열중했다. 종류를 가리지 않고 마음에 들면 무작위로 모았다. 호두과자 박스, 사탕 껍질, 속포장지, 라벨, 때때로 샌드위치를 감쌌던 얇은 유산지까지도 마음에 들면 일단 집으로 가져왔다. 안의 부스러기들을 털어내고, 깨끗하게 닦아 파일에 차곡차곡 모았다. 쌓이고 쌓여 파일 커버가 닫히지 못하고 벌어지면 마음이 더 뿌듯했다. 용도가 포장이라고 해도 디자이너의 손을 거쳐 탄생된 작품인데 한순간만 빛나고 버려지는 게 아까웠고, 나만 알 수 있는 예쁜 부분, 오래 두고 꺼내보고 싶은 부분을 잘 간직하고 싶어 더 차곡차곡 모았다.

어느 날 우연히 내 단짝 친구도 이런 취미가 있다는 걸 알게 되었다. 서로 모아온 스크랩북을 보이며 시간가는 줄 모르고 떠들었다. '여기는 이래서 예쁘고, 이 부분은 이래서 내 스크랩북에 들어오게 되었다'며, 자기만의 스크랩북에 들어올 수 있는 기준들을 이야기하고 서로의 파일을 자랑했다. 그렇게 서로의 파일을 공유한 후, 이러지 말고 좀 더 본격적으로 해보자며 판을 벌였다. 작은 팀을 꾸려서 우리가 모아온 패키지 디자인들을 더 재미있게 풀어보는 프로젝트를 해보자고! 팀 이름은 각자의 이름에서 한 글자씩 따와 '이공오 프로젝트²⁰⁵ ᵖʳᵒʲᵉᶜᵗ'라고 정했다. 이름이 생기니 더 신이 났다. 우리만의 자축 파티도 열었다. 무엇보다 같은 취미를 제일 친한 단짝 친구와 공유할 수 있어 기뻤다.

이공오 프로젝트 팀이 되어 우리는 새롭고 마음에 드는 패키지를 발견하기 위해 눈을 반짝이며 돌아다녔다. 종종 폐지함을 기웃거렸다. 버려진 것들도 우리에겐 보물이니까. 오염된 구석은 오려내고, 찢어진 부분은 붙여주었다. 컬러, 작업 시간, 패턴 등 디자이너의 생각을 전부 읽고 싶었다. 작은 부분 하나까지도 큰 영감을 주었다. 쉽게 버려지는 것들 속에서 가치를 찾아낸다는 우리만의 모토가 있었기에 더 들여다보며 예리하게 찾아내려 했다. 다람쥐가 도토리를 모으듯 마음에 드는 패키지를 모았다.

금손이 되는 법

♥

우리가 함께 모은 것들로 머리를 맞대고 무언가를 만들어 보기로 했다. "파일에 겹겹이 모으는 것보다는 패키지의 조각들을 엮어 스크랩북을 만들어보는 건 어떨까?", "책의 형태에 더 가깝게?" 손바닥만 한 판형에 우리가 모아온 조각들을 랜덤으로 담아 20페이지씩 바느질로 제본을 했다. 남들이 들여다본다면 쓰레기를 모아 엮는 가내수공업의 현장 같았겠지만. 우리는 바느질을 하느라 손이 욱신거려도 웃음이 나왔고, 무모했지만 진지했고, 어지럽히는 듯 보였지만 정돈하고 있었다. 세상에 단 하나뿐인, 무엇과도 같을 수 없는 우리만의 스크랩북.

지금도 나는 물건을 사면 패키지 디자인을 유심히 본다. 가끔은 손에 오래 쥐고 있기도 한다. 이 패키지를 만들기까지의 디자이너 마음을 느껴보고 싶은 걸까. 아무것도 없는 백지에서 창작을 이루어낸 이 세상 모든 디자이너들을 존경한다. 나도 멋진 디자인을 하고 싶어서일지도 모르겠다. 누군가의 손에 오래 머무는, 누군가의 스크랩북 속에 쏙 들어가 오래도록 간직될 수 있는 디자인을.

보물 상자 만들기

어린 시절부터 나는 좋아하는 것을 모아두는 비밀 공간을 만들곤 했다. 장소는 주기적으로 바뀌었는데 장롱 안이나 베란다 의자 밑, 책상 아래가 비밀 공간이 되었다. 대단한 보물을 가지고 있는 것마냥 도둑들이 내 보물 상자를 노리고 있을지도 모른다는 만화 같은 상상으로 시작된 행동이었다. 보물 상자라면 만화에서 한 번쯤 봤을 만한 진주 목걸이가 상자 모서리에 반쯤 걸쳐져 있고, 번쩍이는 골드바와 주화들 사이로 빛나는 다이아몬드, 뾰족한 크리스탈 같은 것들이 가득한 모습을 상상하겠지만, 내 것은 달랐다. 좋아하는 색이라든가 모양, 향기, 감촉 등 마음에 드는 건 다 모아두었다. 그렇게 모인 내 보물들의 모습은 남들에겐 흡사 버려진 물건들 같아 보였겠지만 나에게는 꼼꼼하게 엄선된 소중한 보물들이었다. 오랫동안 나만 보고 싶은 소중한 물건들. 모양도 크기도 제각기 달라 잘 보관하지 않으면 도망가버리기 십상이었다. 나는

♥

오래 내 곁에 두기 위해서 보물 상자를 만들기 시작했다.
점차 보물 상자를 만드는 솜씨도 늘었다.

보물 상자 만드는 방법

① 마음에 드는 상자를 고른다. 나에겐 신발 박스가 제격이다.
튼튼하고 작은 구멍이 뚫려 있어 통풍도 된다. 박스를 고른
후엔 내부를 깨끗하게 닦는다.

② 아끼는 것들을 소중히 담는다.

③ 흐트러지지 않게 정리한 후, 보물 상자에 라벨을 붙인다.
이때 '절대 손대지 말 것', '열면 폭발함' 같은 문구를 적으면
더 호기심을 유발할 수 있으니 아주 시시한 문구를 적는다.
'영수증 모으는 곳'이라든가 '이면지'라고 적는 것도 괜찮다.

④ 가상의 도둑을 설정해보자. 그래야 보물 상자를 숨길 때 더
흥미진진해진다.

⑤ 비밀 공간에 두고 옷가지로 덮어 완전히 숨긴다. 아무도 없
을 때 숨겨두자. 그리고 장소를 꼭 기억하자.

⑥ 비밀 공간이 발각되기 전, 이사할 것!

어릴 적 내 보물 상자 안에는 도토리, 홀로그램 껌종이,
선물로 받은 색연필, 향기 나는 휴대폰 고리, 혼자 먹고
싶은 젤리 같은 것들이 들어 있었다. 나는 해마다 보물 상
자를 만들었고, 이 역사는 지금까지도 이어지고 있다. 재

작년에 만든 보물 상자를 열어보았는데 어릴 적 만들었던 보물 상자와 크게 다르지 않았다. 끝이 너덜너덜해진 낡은 일기장, 포장도 뜯지 않은 스티커, 아끼는 티백, 마음에 들어 메모한 시의 한 구절, 폴라로이드 사진 몇 장, 여행 갔을 때 묵은 호텔에서 받은 향 좋은 비누, 친구에게 선물 받은 작은 동화책 등이 들어 있었다.

나는 마음에 들었던 순간과 기억들을 하나도 놓치지 않고 기억하고픈 욕심쟁이인 게 분명하다. 좋아하는 것을 아껴두었다가 쓰고 싶은 마음, 나만 보고 싶은 마음, 나와 영원히 함께 해줬으면 하는 마음으로 부지런한 까마귀처럼 모으다보니 해마다 하나씩 보물 상자가 만들어졌다. 보물 상자는 시간과 향기까지 봉인되어 나의 보물을 더 소중한 것으로 만들어주고, 스크랩 박스이자 타임캡슐의 역할도 해준다. '이때는 이런 것에 꽂혀 있었지' 하는 생각들과 추억이 깃든 물건들로 생각 여행을 떠나게 도와준다. 미래의 나에게 보내는 작은 쪽지나 편지를 적어 넣으면 재미가 배가 된다.

♡

문구는 내 보물

♡ 문구 상자
　열어보기

90년대 문구 p.022　①

나는 갖고 싶지만 사지 못한 문구들을 눈에 꼬옥 담아 집에 돌아와선 일기장에 하나하나 그려놓곤 했다. 고무냄새가 짙게 나는 비닐 다이어리, 글리터가 들어간 지우개, 삼단으로 멋지게 열리는 자동 필통, 스노 볼이 달린 열쇠고리, 알록달록 빛나는 공책 더미들을 하나도 놓치지 않고 기억해 그렸다.

빵순이 p.036　②

세상 제일가는 빵순이였던 나는 겨울 아침에 빵집 앞을 지나는 게 무척 좋았다. 콧등을 스치는 갓 구운 빵 냄새, 김이 모락모락 날 것 같은 빵집 특유의 따뜻함을 마주할 때면 '아, 이런 행복을 위해 겨울이 있나 봐'라며 행복해하곤 했다.

꿈이 몽글몽글한 곳 p.046　③

영감을 받고 싶을 때면 나는 미술관보다 화방에 간다. 각종 염료와 오일, 깨끗한 종이, 오일파스텔과 마카, 물감, 석고 재료와 도구들이 나무 선반 위에 재료 상태로 가지런히 진열된 모습을 볼 때면 화방에 왔다는 안도감에 평화로움마저 느낀다.

스크랩북 p.057　④

나는 물건을 사면 패키지 디자인을 유심히 본다. 가끔은 손에 오래 쥐고 있기도 한다. 이 패키지를 만들기까지의 디자이너의 마음을 느껴보고 싶은 걸까. 나도 멋진 디자인을 하고 싶어서일지도 모르겠다.

우리는 어쩌면
취향이에요

빈티지 원피스
양갈래머리 소녀
자연이 좋아? 도시가 좋아?
이렇게 많은 분홍이라니
나를 닮은 캐릭터
체리파이와 레빗걸
꿈에서 누리는 작은 자유
셔츠블라우스를 입을 때마다
겨울의 표정
송년회 한마디
내성적이지만 사교적인 사람
엉뚱한 웃음 포인트
초능력이 있는지도 몰라
♡ 취향 상자 열어보기

빈티지 원피스

할머니의 서랍을 열어본 날이 생각난다. 할머니께서 무언가 꺼내달라셔서 열었던 서랍 안은 그야말로 세월을 고스란히 품은 타임캡슐이자 보물 창고였다. 오래된 금장 손목시계, 옛날 글씨체로 쓰인 티켓, 장갑, 반짇고리, 카세트테이프 플레이어, 조그만 향수병. '이 물건들도 한때 찬란하게 빛났겠지' 내가 겪어보지 못한 시대를 상상하는 게 재미있다.

서랍 속에서 발견한 할머니의 오래된 금장 손목시계는 결국 내가 물려받았는데, 배터리 생산이 더 이상 안 되는 오래된 시계를 왜 가지려 하는지 할머니는 내가 이해가 안된다고 하셨다. '할머니는 어떤 약속을 기다렸을까?', '몇시를 가장 좋아하셨을까?' 멈춰 있는 시계를 보며 젊은 시절의 할머니와 같은 시간에 잠시 머무르게 된 것 같은 상상에 빠지기도 했다.

누군가에게는 더 이상 쓸모없는 낡은 물건들에 흥미를 느끼는 이유, 또 이러한 물건을 귀중하게 여기는 이유는 물건을 소중히 여기는 태도 때문에 그런 것 같다. 이 물건들도 본래 주인에게 소중한 물건이지 않았을까 하는 애틋함, 오랜 시간동안 잘 버텨준 대견함, 이 물건이 태어난 시대에 대한 상상이 뒤섞여 나는 그만 또 사랑에 빠져버린다.

나는 물건에 이름을 붙여주기도 하는데 별 뜻 없는 이름이라 해도 사물에 이름이 생기는 순간 신기하게 더 눈길이 가고 소중해진다. 긴 세월 동안 여러 사람들에게 사랑받았을 물건이 나에게 온 순간, 나도 이 친구를 오래오래 사랑해줄 것을 다짐하게 된다. 굿즈를 제작하는 마음도 이와 비슷하다. 내 굿즈도 누군가의 삶에 녹아 제 역할을 충실히 하며 오래오래 사랑받았으면 좋겠다고 소망한다.

하루는 에이전시 대표님과 만났다. 대표님은 무언가를 빼곡하게 품고 있는 낡은 핑크색 노트를 책상 위에 올려놓으셨다. 그건 일 년 전, 그분을 처음 만날 때 내가 직접 제작해 선물로 드린 노트였다. 나는 정작 미팅에서 해야 하는 말들은 뒷전에 두고 오래 사용된 그 노트를 집어 들어 한참을 들여다보며 신기해했다. 그동안 그림을 그리고 상품을 제작해왔지만 누군가의 손에서 알맞게 쓰이며 낡고 닳는 모습을 가까이서 본 것은 처음이었다. 보완해야 할 부분도 보이고, 생각보다 예쁘게 낡은 모습이 기특하기도 하고, 누군가의 삶에서 제 역할을 충실히 하고 있다는 것이 감사했다.

양갈래머리 소녀

　　나는 머리숱이 정말 많다. 머리카락을 머리끈으로 돌려 묶다 끈이 버티지 못하고 끊어진 일도 부지기수다. 내 머리카락은 억세고 곧은 참머리여서 큰 마음을 먹고 파마를 해도 금방 풀리곤 했다. 묶으면 곧은 머리칼이 선인장 가시처럼 삐져나와서 실핀이 없으면 정리가 잘 되지 않았다. 이래저래 변화 주기를 포기한 채, 별다른 관리가 필요 없는 긴 생머리로 오랜 시간을 살아왔다.

　　긴 생머리도 지루해질 무렵 우연히 거울을 보며 머리를 만지작거리다 양갈래로 나누어 머리카락을 땋아보았다. 양쪽 어깨 위로 묵직하게 내려앉는 느낌이 나쁘지 않았다. 머리끝이 붓처럼 모이는 모습도 재밌었다. 꼭 머리끝에 붓을 달고 다니는 것 같아 웃기기도 했다. 무엇보다 자기주장이 강한 내 머리카락은 금방 부스스해지곤 하는데 그런 나에게 땋은 머리는 정말 간편한 머리 모양이었다.

한여름에는 목 뒤가 시원하고, 바람이 불어도 쉽게 헝클어지지 않으며, 겨울엔 정전기로 코트 위에 머리카락이 붙는 일도 없다. 게다가 이 머리모양에 정착하게 된 이후론 머리모양을 고민하는 시간도 부쩍 줄어들었다. 최고의 기능과 디자인을 갖춘 머리 모양이 아닐까 싶다. 이렇듯 점점 땋은 머리에 매력을 느끼기 시작해 머리를 땋는 건 어느덧 하루의 시작이 되었다. 한 땀 한 땀 곱게 땋은 머리카락들을 볼 때면 마음이 평온해진다. 마치 프로젝트가 끝나고 어지럽혀진 컴퓨터 바탕화면의 파일들을 폴더에 정리할 때나 흐트러져 있는 물건들을 반듯하게 정리할 때처럼 묘한 쾌감이 든다.

땋은 머리를 고집하면서부터 내 작업에 비로소 나를 닮은 캐릭터가 등장하기 시작했다. 5:5 가르마를 탄 양갈래머리의 여자아이가 그림 속에서 걱정 하나 없는 표정으로 방방 뛰어다녔다. 행복해하며 까르르 웃기도 했다. 당시 나는 내 그림과 나 사이에서 혼란을 느끼곤 했다. 그림은 내가 만들어내는 작업물이지만, 실제 나와는 철저하게 분리된 것이라고 생각했다. 행복한 장면을 그릴 때면 난 정말 이 그림처럼 행복한가, 이 캐릭터들은 어떤 꿈을 갖고 살아가고 있을까, 나는 이 캐릭터처럼 행복할까, 행복한 그

양갈래머리 땋는 법

① 머리카락을 정성 들여 빗고 미간을 중심으로 반듯하게 가르마를 만들어 전체 머리카락을 크게 두 덩어리로 나눈다.

② 귓불의 조금 윗부분부터 세 갈래로 나누어 땋는다. 가장 긴장되는 순간이다. 시작 부분을 어떻게 땋느냐에 따라 땋은 머리의 전체 분위기가 바뀌기 때문이다. 머리카락 양을 고르게 나누지 않으면 울퉁불퉁한 모양이 되고, 억세고 뾰족한 머리카락들을 잘 달래서 땋지 않으면 선인장이 돼버린다.

③ 머리칼 뭉치를 서로 가로질러 땋는다. 한 땀에 오늘 하루의 안녕을 바라고, 또 한 땀에 오늘 하루의 행복을 바란다.

림을 그리면서 행복하지 않다면 거짓 그림이 아닐까. 이런 생각을 끊임없이 해왔다. 또 가끔 내 그림 속에 들어가 살고 싶다거나, 그림처럼 아무 걱정 없이 뛰어놀고 싶다는 도피성 상상도 하곤 했다.

그런데 그림에 등장하는 나를 보면서 조금씩 생각이 바뀌었다. 내 그림을 부러워하기보다 그림 속의 나와 현실의 내가 어떻게든 연결되어 있다고 느끼게 됐다. 이제는 '내가 그림이고 그림이 나인 게 아닐까' 하며 그림 속의 나와

♥

그림을 그리는 내가 연결돼 있다는 생각을 한다. 굳이 그림과 나를 구분지어 생각하는 것도 비교하는 것도 그만두기로 한다. 무엇보다 오래오래 머리를 곱게 땋으며 행복하게 지낼 생각이다. 그림 속 내 자신을 위해서라도!

♡

자연이 좋아? 도시가 좋아?

친구들과 카페에 모여 앉아 이야기를 나누는데 '자연형 인간과 도시형 인간'이 화제로 올랐다. 무슨 이야기인가 했더니 단순하게 자기 마음이 편해지는 곳이 어디인지에 따라 '○○형 인간'으로 구분된다고 했다.

친구 A는 평소에 산과 바다를 보러 떠나는 걸 좋아했고, 제주도에서 사는 게 꿈이라고 하며 주저 없이 자신을 '자연형 인간'이라고 했다. 친구 B는 비 오는 날을 좋아하고 빗소리와 함께 들을 음악 선곡하는 걸 좋아한다고 했다. 그렇게 음악을 들을 때마다 도시 속에 홀로 있는 것 같은 희열을 느낀다고 하며 본인을 '도시형 인간이지만 조금 자연형 인간이기도 한 사람'이라고 이야기했다. 카페에서 나는 이렇게도 저렇게도 자신 있게 이야기를 못 했기에 집으로 돌아오는 버스 안에서 이 주제에 대해 골똘히 생각했다.

'내 마음이 편해지는 곳?' 나는 도시에서 태어났고 도시의 분주함과 치열함을 자연스럽게 익히며 자랐다. 도시의 빛과 속도를 좋아했고 편리함에 익숙했다. 슬퍼도 기뻐도 나는 늘 도시 안에 있었다. 자연을 떠올려보라고 하면 엉뚱하게도 저 먼 우주를 떠올릴 정도로 말이다. 휴양지로 떠나 휴식을 취한다는 것도 퍽 공감이 가질 않았다. 도시 속에도 쉴 수 있는 방법은 얼마든지 있는걸! 우습게도 내게는 조용한 카페에서 커피를 마시는 것이 큰 휴식이었다. 휴식을 원한다면서도 결국 도시를 벗어나지 못하는 나는 도시라는 작은 세계에 갇혀 만족하는 '도시형 인간'이 분명하다.

더 생각해보면 화분을 사고 싶어서 꽃집 앞까지 가기는 가는데 서성이기만 하고 사지는 못하기 일쑤다. 식물을 잘 기르지 못하는 걸 알기 때문이다. 초등학교 시절 산으로 소풍을 갔던 날을 빼고는 스스로 등산을 해본 적도 없다. 바다를 보는 건 좋아하지만 철썩이는 바다를 보며 신기해하는 것도 잠깐일 뿐 금세 흥미를 잃는다. 자연은 어쩐지 눈인사 정도만 나누는 어색한 옆 반 친구 같달까?

그런데 내 그림의 배경을 보면 맑은 구름, 빛나는 별, 바다와 나무 등 자연적인 소재들이 꽤 많다. 도시가 편하다면서 매일 보는 빌딩이라든가 도시의 요소들을 즐겨 그리지는 않는다. 나는 어쩌면 자연과 친해지고 싶은 게 아닐까? 자연을 접할 기회를 만들 수도 있고 자연의 낭만을 느낄 수도 있는데 시간에 쫓기며 생활하느라, 익숙하지 않은 것들에 낯을 가리는 성격 때문에 '자연 별로 안 좋아해'라며 핑계를 댔던 것 아닐까? 풀냄새를 맡고 싶고, 맑은 밤하늘의 달빛을 보고 싶고, 물비늘로 반짝이는 강을 보러 가고 싶고, 숲이 주는 고요함을 누리고 싶은데, 당장 오늘의 마감을 생각해야 해서 나는 이러한 경험들을 허상이고 시간 낭비라고 생각하며 살아온 걸지도 모른다.

최근에는 정신없는 일상 속에서 자연을 만나는 방법으로 산책을 한다. 쏟아지는 햇볕을 온몸으로 쬐어본다. 온몸이 살균되고, 몸속까지 따뜻해지는 기분이 든다. 햇빛이 주는 따뜻함을 나는 왜 이제야 알게 되었을까. '산책하기'는 나의 행복 공식에 추가되었다. 그 후로는 '작업이 잘 되지 않으니까 나가야지' 하고 핑계를 대며 밖으로 나간다. 나는 자연과 조금씩 친해지고 있는 게 확실하다. 많은 생각을 돌고 돌아 신중하게 결정한 내 대답은 '나는 도시형 인간이지만 자연과 친해지는 단계에 있는, 어쩌면 자연형 인간이 될 수도 있는 사람'이다.

이렇게 많은 분홍이라니

나는 분홍색을 '느끼하고 기괴하며 다디단 향기가 날 것 같은' 색이라고 생각해왔다. 스트로베리셰이크나 마카롱처럼 달콤한 디저트가 생각나고 때때로 무서운 영화 속에서 괴물이나 징그러운 장면을 연출할 때 쓰이는 기괴한 컬러로 생각했다. 애정을 갖고 있던 컬러가 아니어서인지 분홍색에 대한 자료들을 찾아볼 때는 모든 것이 생소하고 신기하게 느껴졌다. 분홍색 특유의 따뜻함과 세련미, 어떤 색과 함께 어울려도 반짝이게 만들어주는 힘을 알게 된 것은 그리 오래되지 않았다.

분홍색의 가장 큰 매력은 예민함이다. 물감을 사용해 분홍색을 만들 때 불필요한 색이 조금이라도 섞이면 바로 흐리멍덩한 회색빛이 돈다. 흰색과 빨간색, 때때로 노란색의 비율이 적절하게 섞여야 맑은 분홍색이 나온다. 디지털 작업을 할 때도 마찬가지다. 인쇄 수치에 파란 잉크가

우리는 어쩌면 취향이에요.

♥

조금이라도 섞이면 애매한 보라색이 되어버리니 꼭 꼼꼼하게 확인해야 하는 컬러다. 이렇듯 예민하고 세심함을 요하는 분홍색은 내 성격과도 조금 닮았다! 스펙트럼 또한 넓어서 꽤 많은 영역의 색들이 분홍색으로 불리기도 한다. 빨간빛의 분홍, 보랏빛의 분홍, 오렌지색에 가까운 분홍, 채도가 잔뜩 내려간 갈색에 가까운 분홍처럼. 내가 좋아하는 분홍색은 다량의 흰색에 소량의 빨강이 섞인 파스텔 계열의 분홍색인데, 최근에는 형광빛의 분홍색에도 흥미를 느끼고 있다. 앞으로 또 어떤 색에 홀딱 빠져버릴지 모르겠지만 어렵고도 예민한, 따뜻하면서도 까칠한 분홍색과 더 친해지고 싶다. 어렵기 때문에 더 잘 다뤄보고 싶다.

'스탠다드러브댄스STANDARDLOVEDANCE'의 인테리어 공사 때는 정말이지 분홍색이 주인공이었다. 좋아하는 분홍색으로 매장을 전부 덮을 생각에 마음이 설렜다. 시공을 앞두고 페인트 가게에서 조색할 페인트 컬러를 정하는 날이었다. 매장의 내부와 외부 모두 분홍색으로 진행할 계획이라 꽤 많은 양의 페인트가 필요했다. 머릿속에 정해둔 분홍색이 있어서 가벼운 마음으로 갔는데, 페인트 가게에서 컬러 차트를 보니 머릿속이 새하얘졌던 기억이 난다. 분

홍색 관련 페이지만 해도 여러 장이고, 조명에 따라 모두 달라보였다. 아주 미세한 차이로 구별해놓은 컬러 차트를 보며 절대 만만하게 생각하면 안 되는 컬러라고 생각했다. 같은 분홍색으로 매장 내부와 외부 컬러를 칠하려 했던 마음을 과감히 접고, 외부는 자연광에 더 빛나는 분홍색, 내부는 인공조명에 더 반짝이는 분홍색으로 따로 정해 어렵사리 조색 주문을 했다. 컬러 선정을 마치고 집에 돌아와서 누운 뒤로도, 내가 차트를 제대로 보고 선택한 건지 믿음이 가질 않아 잠이 안 왔다. 색감에 대해서는 나름 내 눈의 감각과 기억을 믿고 살아왔는데 와장창 무너진 날이었다. 결국 잠을 설치고 다음날 오픈 시간에 맞춰 부라부랴 페인트 가게에 다시 갔다. 다행히도 조색 전이라 한 번 더 신중하게 체크한 뒤 조색을 했다. 매장의 내부, 외부 모두 같은 색으로 보이지만 나름 눈물 나게 고민해 미세하게 다른 분홍색을 선택한 결과다. '스탠다드러브댄스'의 분홍색은 언제 고생을 했냐는 듯 오늘도 햇빛이 닿으면 무척이나 반짝거린다.

나를 닮은 캐릭터

'스탠다드러브댄스STANDARDLOVEDANCE' 매장에서 '캐릭터 만들기 클래스'를 운영한 적이 있다. 6~8명이 테이블에 둘러앉아 자신을 닮은 캐릭터를 만들어보는 그림 수업이었다. 그림 수업으로 위장했지만 내 속마음은 사람들이 자신을 발견하고 알아가는 수업이 되기를 바랐다. 창작을 하는 많은 사람들이 자신에 대해 탐색하고 끊임없이 질문을 한다. 나 역시 그렇기에 '캐릭터 만들기 클래스'에 오는 친구들이 자신을 만나는 경험을 많이 하게 해주고 싶었다. 그래서 줄곧 '나'를 주제로 작업하는 커리큘럼을 고집했다.

자신을 캐릭터로 만들기 위해서는 먼저 '나'를 중심에 놓고 마인드맵을 해야 한다. 나의 성격, 내가 좋아하는 것, 나의 특징, 나의 스토리 등 나에 관한 아주 사소한 것까지 가지를 뻗어본다. 좋아하는 것이 있다면 왜 좋아하는지 이유를 메모한다. 마인드맵을 가지고 학생과 둘이서 이야기를 찬찬히 나누는데, 이 단계가 제일 중요하다. 캐릭터의 핵심과 뼈대를 설정해가는 과정이기 때문이다. 재미있기도 하고 괴롭기도 한 이 작업에는 충분한 시간이 필요하다. 학생들은 눈을 반짝이며 이것을 왜 좋아하게 되었는지 이유를 나열해가며 내게 설명해주고, 나는 그 이유들을 토대로 시각적인 방향을 제시해준다.

한 학생은 마인드맵이 무척 간단했다. '아무렴 어때!' 나는 그 친구가 써온 것들을 짚어가며 면담을 시작했다. "왜 바다를 좋아하게 되었어요?", "그냥요", "바다에 좋은 추억이 있나 봐요!", "음…. 그냥, 그냥 바다가 좋아요", '그냥'이라는 대답에 잠깐 멈칫했다. 무례하고 심드렁한 느낌의 '그냥'이 아니었다. 너무도 많은 생각들이 떠오르는데 잠깐 동안 멈추어 고민하다 나온 대답이었다. 어떤 이야기를 하고 싶어서 '그냥'이라고 한 걸까? 여차저차 면담을 마무리하고 집으로 돌아오는 길에 사람들이 '그냥' 좋아하는 것에 대해 더 생각해보고 싶어졌다. 무엇을 좋아하는 데는 가끔 길고 긴 이유보다 '그냥'이 주는 여운이 더 클 때가 있는 것 같다. '그냥?', '그냥'

자꾸 반복해서 듣다보면 어딘지 모르게 귀엽기도 하다. 캐릭터 이름 같기도 하고, 동글동글한 움직임을 나타내는 말 같기도 하고. 하긴 나도 '그냥'이라는 말을 즐겨 쓴다. 습관처럼 그냥 튀어나오는 말. '그냥'이라는 말이 주는 느낌은 어떠한 대가도 의미도 없고 무색 같다. 원초적인 대답인 걸까? 무책임한 대답은 아닐까? 이유는 모르지만 내 입에서 제일 먼저 나와버릴 때 이상하게 속이 후련해지는 신기한 단어다.

나 또한 '그냥'이라는 말을 모토로 살아온 것은 아닐까? 무언가를 바라며 그림을 그려온 것은 아니었다. '그냥' 내가 좋아해서 그린 거다. '그냥'이 이끄는 곳으로 움직이다보니 좋아하는 것을 만났고 그게 나였다. 좋아하는 것에 이유는 '그냥'이면 충분한 것 아닐까? 우리는 조금 더 자세하고 상냥하게 내 마음을 전달하기 위해 시간을 들여 설명하려 한다. 가끔은 그냥 좋아하고 그냥 행동하고 그냥 살아가고 싶다. 그래도 괜찮겠지, 느긋해지려고 한다. 마음이 이끄는 대로 자연스럽게 솔직하게 살아가봐야지. '그냥'이 대신하는 내 마음의 소리를 잘 들어줘야지.

체리파이와 레빗걸

캐릭터 문구 브랜드 '스탠다드러브댄스STANDARD LOVEDANCE'를 만들고 나니 사람들이 캐릭터의 이름을 묻기 시작했다. '아차차, 이름을 붙여줄 생각은 못 했는데!' 일러스트는 추억의 한 장면을 그리니까 인물에 이름이 없어도 상관없지만 캐릭터 브랜드는 캐릭터가 주인공이 되어 제품이 되는 것이니까 당연히 이름도 필요해진 것이었다. 이런 까닭에 2019년에 스탠다드러브댄스 스튜디오를 설립하고 제일 먼저 캐릭터에 이름을 붙이는 작업을 시작했다.

비슷하면서도 조금씩 달랐던 캐릭터들을 카테고리로 나누어 정리하고 그동안 각각을 디자인하며 떠올렸던 이미지, 분위기, 콘셉트를 모으고 추렸다. 쏟아진 모래알을 분류해 담는 기분이 이럴까? 뒤늦게 이름을 붙여주려니 참 어려웠다. 스탠다드러브댄스 스튜디오 식구들 모두가 작

명가가 되어 이름을 짓고 또 지었다. 마침내 오랫동안 그려온 여러 캐릭터들 가운데 토끼 머리띠를 한 캐릭터에 레빗걸RABBIT GIRL이라는 이름을 붙여주었다. 이름을 붙이니 자연스럽게 레빗걸의 성격과 사는 세계, 이야기에도 살이 붙었다.

레빗걸은 혼자서 시간 보내는 걸 좋아하고, 조용하면서도 밝고, 온화하면서 상냥한 성격의 학생이다. 책상 앞에 앉아 꿈꾸기를 좋아하고 독서와 일기 쓰기를 좋아하는 평범한 학생이다. 레빗걸은 새 학기가 시작할 무렵인 3월 4일에 태어났다. 어떻게 레빗걸이 되었냐고? 이야기는 이렇다. 잠이 오지 않던 어느 밤, 한 소녀가 텔레비전을 틀었다가 쏟아지는 햇빛을 맞으며 광활한 들판 위에 자유롭게 뛰어 노는 토끼에 대한 다큐멘터리를 우연히 보게 된다. 자신도 모르게 미소를 짓고 있는 스스로를 발견하게 되고, 이 소녀는 자신이 토끼가 되는 엉뚱한 상상에 빠진다. 토끼가 된 자신을 상상하는 캐릭터, 레빗걸! 이렇게 만들어진 캐릭터와 배경을 토대로 여기에 어울릴 심벌도 함께 만들었다. 레빗걸 옆에 항상 함께하는 일기장, 연필, 가방, 책상 그리고 애착 인형 토끼 비비안VIVIAN까지. 레빗걸은 나의 중고등학생 때 모습을 모티프로 탄생된 아이다.

레빗걸 다음으로 또 하나의 캐릭터에 이름을 붙였다. 내 그림에 자주 등장하던 캐릭터 중 머리를 양 갈래로 질끈 묶고 리본을 단 캐릭터였는데, 동글동글한 인상 때문에 과일이 연상되어 체리파이CHERRYPIE라는 이름을 붙여주었다.

체리파이는 레빗걸과는 성격이 정반대다. 에너지가 넘치고, 씩씩하며, 작은 몸집과 짧은 팔다리로 자신의 기분을 있는 힘껏 표현하는 소녀다. 들판 위를 힘차게 달리는 걸 좋아하고, 목소리 높여 노래를 부르기도 하고, 넘어져도 울지 않고 툭툭 털고 일어나 다시 달리는 씩씩한 성격이다. 체리파이 역시 곁을 함께 해 줄 심벌을 만들었다. 파이, 티 팟, 그리고 가장 친한 친구 곰돌이 미니베MINIBAE 등이 탄생했다. 체리파이는 나의 네다섯 살 때의 모습을 모티프로 탄생되었다.

내가 만든 캐릭터에 이름을 붙여주고 나니 내 일부였던 이 친구들이 누군가의 곁을 지켜줄 친구로 새로 태어난 것만 같다. 오래오래 곁에 있어줘, 레빗걸! 체리파이!

꿈에서 누리는 작은 자유

따뜻한 물로 샤워를 하고 보송보송 편한 잠옷으로 갈아입는다. 침대 위 이불을 가지런히 정리하고 흐트러지지 않게 조심히 들어간다. 잠들기 전에 핸드폰은 보지 않는다. 왜냐하면 간혹 잠들기 전 마지막으로 본 것들이 꿈에 나오기도 하니까. 엉뚱한 것들이 나와 꿈을 방해하지 않도록 핸드폰은 내일 기상 알림만 맞추고 내려놓는다. 부디 무서운 꿈보다 즐거운 꿈을 꿀 수 있기를. 오늘의 꿈을 기대하며 눈을 감는다.

매일 아침 눈을 뜨면 나는 방금 전 꾼 꿈을 기억해내려 애를 쓴다. 기분 좋은 꿈은 더더욱 기억해 간직하고 싶다. 이렇게 하지 않으면 조금 전까지 내 머릿속에 있던 꿈들이 한순간에 증발해버리기 때문이다. 증발해버린다는 말로 밖에 표현이 안 될 정도로 꿈에 대한 기억은 흔적 없이 사라져버린다. 꿈들은 다 어디로 가버리는 걸까. 저 멀리

깜깜한 우주로 날아가 목적지 없이 유영하고 있는 것은 아닌지. 꿈을 기억하는 연습을 하면 치매 예방이 된다고도 하던데. 잠이 덜 깬 채 중얼거리며 침대를 벗어나는 순간, 방금까지 애써 기억해낸 꿈은 어느새 몇 개의 작은 조각으로만 남아버린다.

내 꿈 이야기를 조금 해볼까? 지루할 테니 아주 짧게만 이야기해보겠다. 꿈이 시작되는 장소는 늘 비슷하다. 푸른 빛을 띠는 내부에 방들이 빼곡하게 늘어서 있고 방 안에 또 방이 있는 매우 복잡한 구조인데, 지금 생각해보면 그곳이 꿈속에서의 우리 집인 것 같다. 방 안에는 매번 새로운 사람들이 모이는데 어느 날 꿈에는 가족이, 또 다른 날 꿈에는 잊고 지내던 대학교 동기가, 가끔은 전혀 친분이 없는 사람들—예를 들면 연예인이라든가, 잠들기 전 인터넷 기사 속에서 본 사람이라든가—이 등장한다.

언제부턴가는 '이건 꿈인가봐' 하고 꿈인 걸 알아차리기 시작했다. 꿈이라는 걸 알아도 내 행동이 크게 변하거나 과감해지는 않지만, 묘한 희열이 더해진다. 수영하는 법을 조금 배운 것 같은 기분이랄까? 꿈속이라도 지킬 것은 지키되 하고 싶은 걸 조금 더 해보는 정도다. 예를 들어 꿈에서 사람들이 많은 명동거리 같은 곳을 가게 되었을 때 포장마차에서 닭꼬치를 마음껏 먹기도 하고 동네에 있는 고양이들을 모두 데려와 목욕을 시키기도 하는 것이다. 나는 고양이를 목욕 시킬 때마다 무척이나 애를 먹는 초보 집사인데 꿈속에서는 그 많은 고양이들이 내 말을 잘 들으며 온순하게 목욕하는 시간을 기다려준다. 그리고 나는 자동차 운전이 미숙한 편인데 꿈속에서는 드라이브를 자주 다닌다. 러시아워 없이 광활하게 펼쳐진 도로를 자유롭게 달리는 것이다. 조수석엔 늘 짝꿍이 앉아 있는데 꿈속에서도 짝꿍은 늘 든든한 존재인가 보다. 때론 악몽도 꾼다. 악몽은 이상하게 기억하려 애쓰지 않아도 꽤 오랫동안 머릿속에 남는다. 나는 내 꿈이 호러 다큐 장르보다는 코미디 액션 장르였으면 좋겠다! 자유로운 꿈의 세계를 사랑한다.

셔츠블라우스를 입을 때마다

어린 시절 내 사진을 보면 인중 위로 립스틱이 번진 것처럼 보인다. 팔오금과 목선을 타고 올라가 인중 위까지 내 몸엔 붉은색이 번져 있다. 초등학생 때부터 아토피 피부염을 정말이지 지긋지긋하게 앓아왔던 탓이다. 밤이 되면 유독 가려워 상처가 날 때까지 긁다 지쳐 잠이 들곤 했다. 컨디션이 조금만 안 좋아도 바로 진물이 나고 딱지가 앉고 건조해진 피부가 찢어져 피가 나기 일쑤였다. 거울을 볼 때마다 붉은 부위들을 손등으로 가리며 크기를 재어보곤 했다. '이만큼만 없어지면 괜찮을 것 같은데' 아토피의 면적은 커졌다 줄었다 하루가 다르게 제멋대로였다. 여러 가지 노력을 기울였는데도 이 짓궂은 피부염은 오랜 기간 나를 괴롭혔다.

무엇보다 괴로웠던 건 소스라치게 놀라는 사람들의 반응이었다. 못 볼 걸 본 것처럼 미간에 주름이 가득한 채로 검지를 세워 내 피부를 가리켰다. "여기 아토피 때문에 그런 거야?", "좀 더 좋은 병원을 가보지 그래?", "크게 흉질 것 같은데 어쩌니, 쯧". '그냥 피부가 좀 간지러운 것뿐인걸요, 옮지 않아요'라고 속으로만 말할 뿐, 상처 난 빨간 두 팔은 등 뒤로 조용히 숨겼다. 누군가 내 붉은 피부에 대해 지적할 때면 내 두 뺨도 상처 난 듯 빨개지곤 했다.

교복을 입고부터는 하복 입는 날이 정말 끔찍했다. 옷장에 반년 동안 고이 간직해둔 하복을 꺼내 입고는 가벼운 발걸음으로 학교에 왔을 친구들과 달리, 내게 여름은 긴 소매 교복 블라우스 아래 가려왔던 나의 상처들을 드러내야만 하는, 피하고 싶은 계절이었다. 가볍게 살랑이는 하복 치맛단이 피부에 스치는 것조차 싫었다. 무엇이든 간지러운 건 내 피부에 상처를 만드니까. 친구들과 찍은 사진 속에서 나는 어설프게 뒷짐을 지고 있다. 얼굴은 웃고 있지만 마음은 아픈 포즈다.

매일같이 병원을 다니고 독한 피부약을 열심히 삼켜도 아토피는 호전되는 기미가 보이지

않았다. 왜 교복은 하얀색이어서 피를 더 새빨개 보이게 만드는 건지, 왜 내 피부는 이렇게 말썽인 건지, 억울하고 서러운 마음이 가득했다.

자세히 봐야 이곳에 소란이 있었다는 걸 알아챌 수 있을 만큼, 이제 아토피는 옅은 흉터로만 남아 있다. 갖은 방법을 써서 치료하려고 애썼는데 나를 비웃기라도 하는 듯 어른이 되고 나니 싹 사라졌다. 10년을 함께했는데 예고도 없이 사라져버리다니. 떠날 준비를 했다는 걸 조금 일찍 알아챘더라면 미운 정으로나마 작별 인사라도 해줬을 텐데.

지금도 깨끗하고 흰 셔츠블라우스를 입을 때면 교복을 입던 때가 생각난다. 예쁜 교복을 좀 더 즐겁게 입지 못했던 게 아쉬운 건지, 특별한 일이 없어도 셔츠블라우스를 찾아입곤 한다. 그때의 기억 때문이라면 셔츠블라우스가 싫어야 맞을 텐데, 시간이 지날수록 좋아하는 점이 하나씩 생겨났다. 무엇보다 깨끗하고 반듯한 모습으로 기다리고 있는 이 셔츠를 입으면 오늘 하루 무궁무진한 꿈을 이루어낼 것만 같은 자신감이 든다. 또 첫 단추를 시작으로 차근차근 단추를 채워가는 순간도 참 좋다. 셔츠블라우스가 이렇게 멋진 옷이라는 걸 나는 너무 뒤늦게 깨달아버렸다.

우리는 어쩌면 취향이에요

♥

내가 가진 셔츠블라우스는 심플한 디자인임에도 불구하고 손이 참 많이 간다. 매번 표백을 해야 하고, 햇빛에 잘 말린 후 다려 입어야 한다. 단추도 어찌나 많은지 한 개라도 잃어버리면 머릿속이 새하얘진다. 구김도 잘 가서 입고 나서는 꼭 세탁을 해야 한다. 단계마다 손을 꼭 거쳐야만 새하얀 셔츠블라우스가 완성이 되는데 나는 이상하게 이 까칠함이 마음에 든다. 내 모습을 보는 것만 같아 우습기도 하다. 내가 셔츠블라우스라면 과연 어떤 모양을 하고 있을까. 뾰족한 깃에 짙은 색일 게 분명하다. 단추도 굉장히 많을 거고 구김은 말할 것도 없을 것이다. 나와 닮은 것에 애정을 느끼는 마음일까. 셔츠블라우스가 나는 점점 더 좋아진다.

겨울의 표정

겨울 그림을 여름에 그리는 것이 이제는 곤란하지 않지만 처음엔 꽤 어려웠다. 겨울이 오려면 한참 남은 한여름에 나는 눈이 소복이 쌓인 벌판 위에서 눈싸움을 하며 행복해하는 캐릭터들을 상상만으로 그려야 했다. 겨울 작업을 겨울에 하면 참 좋으련만 시즌 작업은 늘 몇 계절 전에 진행해야 하는 탓이었다. 진짜 눈을 밟아보아야 눈을 더 잘 그릴 수 있을 것 같고 크리스마스가 와야 루돌프 얼굴을 더 잘 그릴 수 있을 것만 같은 마음이 작업을 하는 순간순간 차올랐다. 이 무시무시한 더위가 가고 겨울이 오긴 할까. 언제쯤 오려나. 막연하게 겨울을 기다리며 흰 눈을 그리는데, 내 그림 속 벌판 위에 쌓인 눈은 차가운 얼음 덩어리가 아니라 폭염 속 아스팔트 위에서 익어버린 계란 흰자로 보였고, 캐릭터들이 입고 있는 방한복은 더위 속 벌칙 의상 같았다.

우리는 어쩌면 취향이에요.

나는 흔히들 이야기하는 '겨울 냄새'를 누구보다 빠르게 맡을 수 있다. 겨울 냄새는 향수로 만들어버리고 싶을 정도로 마음에 든다. 특히 현관문을 열고 밖으로 나설 때 제일 많이 느낄 수 있는데 어찌나 반가운지, 그 찰나의 냄새를 기억하고 싶어서 수시로 킁킁거린다. 현관문을 열며 차가운 공기를 맞닥뜨리면 겨울이 나를 만나러 오려고 출발했다는 걸 알아차린다. 차근차근 겨울을 맞이할 준비를 시작한다. 겨울의 얼굴을 상상해보자면 분명 애써 수줍음을 숨기는 무표정한 얼굴일 거다. 감정이 크게 드러나지 않아 처음 사귈 때 어려움을 겪는 친구. 하지만 내 짧은 편지에 긴 답장을 써줄 것만 같은 친구. 나는 겨울이 오면 온라인 쇼핑몰에서 방한용품들을 검색하고, 마트 입구에 귤 박스가 진열돼 있는지 기웃거리고, 묵혀두었던 겨울옷을 서둘러 꺼낸다. 겨울옷 주머니에서 유독 천 원짜리를 자주 발견하는 건 나의 실수가 만들어낸 기쁨일까, 겨울이 가져다 준 행운일까.

 겨울엔 내 생일도 있다. 겨울이 시작될 무렵 태어났으니 나는 계절 중 겨울을 제일 먼저 만난 거다. 푸르던 나뭇잎이 낙엽이 되어 떨어지고 나뭇가지가 비

틀어지고 앙상해지면 내 생일이 다가오는 것을 알아차린다. 가로수의 모습은 조금 초라해져도 나의 겨울은 화려해진다. 곧 내 생일이 오니까. 생일마다 짝꿍에게 긴 편지를 받게 되고부터 나는 편지 읽는 재미로 생일을 더 기다리게 됐다.

또 겨울은 쭈뼛대는 나를 부추겨 사람들에게 연락을 하게 만든다. '크리스마스다, 연말이다, 새해다' 하며 보고 싶은 사람들에게 연락할 수 있는 핑계를 준다. 투박하게 연락을 주고받거나 마지막 메시지를 작년 겨울에 주고받은 사이라도 뭐 어떤가. 가족들, 혹은 지인들과 만나는 자리도 꼼지락거리며 만들어본다. 어쩌면 겨울이어서 만남이 더 소중하고 포근할지도 모른다.

겨울엔 세상이 조금 더 아름다워진다. 추운 기온 탓에 여기저기 모락모락 김이 올라와 풍경을 뽀얗게 만들고, 깊고 어두운 겨울밤 거리의 불빛들은 유독 더 빛이 나 보인다. 음식점의 따뜻한 음식 냄새는 추운 공기와 뒤섞여 더 맛있게 느껴지고, 얼까 봐 실내에 널어놓은 빨래의 섬유유연제 향이 집 안을 채운다. 평소엔 감흥 없던 풍경들도 겨울이 되면 마치 뽀얀 필터를 씌운 것처럼 아름답게만 보인다.

♥

겨울은 내게서 웃음이 떠나지 않게 해준다. 집 안에만 있기 좋아하는 내게 무리해서 밖으로 나가지 않아도 된다고 다독여주는 계절이자, 차가운 공기 속 따뜻한 보일러 바닥이 묘하게 조화를 이루는 환상적인 계절. 이불 속에 새로운 집을 짓게도 만든다. 나는 지금 무인도에 여행을 왔고, 이곳에서 영원히 살아야 할지도 모른다는 상상을 하며 신중하게 읽을 책 한 권과 몇 시간 동안의 식량이 될 귤 한 바구니, 음악 플레이리스트를 챙긴 뒤 두더지처럼 이불 속으로 들어간다. 시간 가는 줄 모르고 이불로 만든 집에서 시간을 보내다 지루해지면 밖을 빼꼼 둘러본다. 전혀 다른 공간 같기도 하고 새삼 낯설게 보이기도 하는 우리 집 풍경. 아니나 다를까 짝꿍은 내 옆에 더 근사한 집을 지었다. 베개를 세워 지붕이 더 높은 집을 만들었고 안에는 노트북도 있고 맥주도 있다. 서로의 멋진 집을 염탐하다가 다시 각자의 이불 속 집에서 시간을 보낸다.

내게 겨울은 결코 건조하고 푸석하거나 조용한 계절이 아니다. 오히려 생활에 활기를 불어넣어주는 고마운 계절이자 늘 그리운 계절, 나의 겨울.

송년회 한마디

반짝이는 크리스마스 장식이 가게 외부를 감싼 작은 선술집에 모두가 모여 송년회를 했었다. 다같이 둘러앉아 느릿느릿 맛있는 걸 먹고 이야기 나누었다. 입김이 모락모락 피어오를 정도로 추운 공기를 뚫고 문을 열면 웅성웅성 사람들의 이야기 소리, 기름 난로 속에서 활활 타오르는 온기, 시큼한 술 냄새까지 연말이라는 걸 깨닫게 해준다.

우리는 한 해 동안 고생한 서로를 위로하고 용기도 주는 시간을 보냈다. 적당히 취기도 올랐고 이제는 돌아갈 시간 같아서 모두가 코트를 챙기려는데 누군가가 내년 소원을 하나씩 이야기해보자고 했다. 툭 던진 한마디인데 제법 진지한 분위기가 됐다. '새해 소망이라?' 여기저기 눈을 굴리며 생각하는 사람도 있고, 반짝이는 조명을 멍하니 바라보며 생각에 잠기는 사람도 있고, 또 손목시계를 들

♥

여다보며 막차 시간을 확인하는 사람도 있다. 나도 곰곰이 생각을 해본다. 왜냐하면 '행복하게 해주세요' 같이 단순하게 말해버리기에는 다들 특별하고 멋있고 대단한 것들을 떠올리고 있을 것 같아서. 예를 들면 '아이슬란드에서 노천욕하기'라든가, '여름인 나라에 가서 크리스마스를 만끽하기'라든가 그럴싸한 소망을. 내 순서가 천천히 다가오기를 바라며, 두뇌 회전을 조금 더 빠르게 해보려고 노력한다.

'아, 나는 정말 새해에 바라는 것이 없는 사람인 거야? 우리 가족이 지금처럼 행복했으면 좋겠고, 내가 지금처럼 행복했으면 좋겠고 솜이도 행복했으면 좋겠고…' 허무하게도 결론은 자꾸 '행복했으면 좋겠다'로 끝나버렸다. 돌이켜보면 생일 케이크를 앞에 두고 초를 불기 전, 소망을 말할 때도 나는 늘 뭉뚱그려 "행복하게 해주세요"로 짧게 말하곤 했다. '성의 없어 보일 것 같기도 하고 빨리 집에 가고 싶은 사람처럼 보일 것 같기도 한데, 어떡하나?'

감사하게도 누군가가 먼저 정적을 깨고 이야기했다. "나는 그냥 행복하면 될 것 같아요", '휴우…' 나도 모르게 안도하며 웃음이 나왔다. 아니, 약속이라도 한 것처럼 다들

우리는 어쩌면 취향이에요

113

웃음을 터뜨렸다. 모두가 한마음이었던 거다. 단순한 질문에서 시작된 길고 긴 고민의 끝은 특별하지 않았다. 기준은 다 달라도 작고 작은 바람들이 이루는 것은 결국은 행복인 것 이다.

내가 좋아하는 것을 보고, 듣고, 느끼는 순간이 바로 행복이라면, 좋아하는 것이 무엇인지 찾아야 하고, 찾기 위해선 끊임없이 내 자신에게 물어보아야 한다. 온전히 내 소리에 귀를 기울이며, 마음이 밝아지면 이것 그대로 내가 좋아하는 것이다. 좋아하는 데에 이유를 찾으려 하지 말자. 이렇게 하나둘 내가 좋아하는 것들을 모으는 일은 마음속이 시커먼 안개로 가득 찰 때 빛을 밝히는 방법이 되어주고 있다.

내성적이지만 사교적인 사람

 나는 새로운 사람을 만나거나 낯선 모임에 가는 걸 망설이는 성격이다. 특히나 친목을 목적으로 하는 경우는 더욱 그렇다. 처음 보는 사람과 어떤 이야기로 대화를 시작해야 하는 건지 가늠하기 어렵다. 별거 아닌 질문에도 나는 흠칫 놀라며 쉽게 굳어버렸다. 잔잔하게 깔린 긴장감 때문인지 내 생각과 다르게 대답이 나오는 경우도 많았다. 평소와 다른 내 모습이어서 내게도 자연스럽지 못하고 바라보는 사람도 힘들었을 것 같다. 미안하지만 때때로 멀뚱멀뚱 손톱 끝을 뜯어내며 시간이 빨리 흐르기를 바라기도 했다. 지독하게 낯을 가리는 내향적인 내 성격에 대해 제대로 이해하기 전에는 낯선 사람들과 함께 하는 자리가 불편하기만 해서 이래저래 핑계를 만들어 피할 생각만 했다.

회사원에서 벗어나 프리랜서이자 개인사업자로 일하며 관계의 부담에서 자유로워지는 듯해 보였지만, 새로운 사람들을 만나야 할 일은 오히려 많아졌다. 나는 새로운 사람을 만나면 빠르게 돌아가는 대화 속에서 재치 있고 유머러스하게 세상 돌아가는 이슈들에 대해서도 막힘없이 이야기할 수 있어야만 하는 줄 알았다. 그래서 어설프게 웃음을 지으며 어떻게든 맞장구를 치려 애썼다. 당장 매일 연락할 것처럼 그 자리에서 연락처를 주고받고 서로의 SNS 계정을 팔로우했다. 만난 지 몇 시간 만에 호칭 정리를 하고, 상대가 내 기준에 조금 사적인 질문을 해도 흔쾌히 대답해주고 내 감정은 숨기려 했다. 나는 낯선 사람의 SNS보다는 좋아하는 색이 무엇인지, 평소에 어떤 생각을 하는지가 더 궁금했지만, 쓸모없는 질문이 아닐까 걱정돼 꾹 참았다. 인간관계에 애정을 적극적으로 쏟으려는 나름의 노력이었는데 어쩐지 스스로가 어색하게 느껴졌다. 보글보글 쉽게 끓어오르는 관계는 온데간데없이 사라져버리는 경우도 많았고 무엇보다 내게는 너무 빠른 방식이어서 꼭 체할 것 같았다.

'내향적인 내게 쉬운 일은 아니겠지만, 조금 더 긴장을 늦추고 마음 편하게 내 방식대로 사람들과 관계를 맺을 수

있지 않을까? 지금 내 곁에 있는 사람들은 어떻게 사귀게 되었었지?' 내가 꾸준히 만나온 사람들과 친해지게 되었던 계기들을 하나둘 더듬어 생각해보니 이유는 각자 달라도 공통점이 보였다. 편한 분위기 속에서 천천히 자주 만났다는 점. 처음부터 친해지기 위해 노력하지 않았다는 점. 어떠한 것도 바라지 않았다는 점.

차갑지도 않고 뜨겁지도 않게, 미지근한 온도로 편안하게 만남을 시작하는 것이 나의 사교 포인트였다. 기대도 바람도 가지지 않고 싸늘한 실망도 선뜻 집어들지 않는 마음. 천천히 친해지면서 더 오래오래 좋아할 수 있다면 느림보라고 놀림 당해도 괜찮다. 나는 시간이 조금 더 필요한 사람이니까. 내 주변에 오랫동안 머물고 있는 사람들은 내가 마음을 여는게 느려도 옆에서 기다려준 사람들이다. 한 사람 한 사람에게 집중하고 싶은 마음, 기억하고 싶은 마음, 상대방의 생각과 좋아하는 음악, 커피 잔을 내려놓는 방식, 자주 꾸는 꿈, 함께 걸을 때 편한 방향 같은 것들처럼 시시콜콜한 이야기를 나누며 조금씩 우리는 친해졌다. 이제는 '오늘 가는 자리가 꼭 재미있을 필요는 없지', '한꺼번에 다 알고 많이 친해질 수도 없어' 하며 나는 가볍게 집을 나선다. '우리 미지근하게, 오래오래, 천천히 만나요!'

엉뚱한 웃음 포인트

___

　　내 단짝 친구 Y가 말했다. 아무 생각 없이 농담 나누는 순간이 제일 좋다고. "맞아, 나도 그래. 어른들 이야기처럼 나이를 먹을수록 정말 웃을 일이 줄어들고 있잖아" 어릴 적 내가 생각하던 까마득한 어른들의 모습을 나도 점점 닮아가고 있다고 체감하는 요즘이다. 그래서인지 억지로라도 깔깔 웃고 싶은 순간이 있다. 각자 제 나이에 맞는 진중한 모습을 원하고 기대하지만, 아주 가끔은 내게 마구 웃을 수 있는 순간을 만들어주고 싶다.

대학 졸업 전에 나는 취업을 했다. 첫 출근한 회사는 오래된 주택을 개조해 만든 디자인 스튜디오로 계절에 따라 특유의 분위기를 뿜어내는 앤티크한 공간이었다. 스튜디오 내부의 나무 바닥을 밟을 때마다 나는 '삐그덕' 소리가 듣기 좋았다. 마치 입에 공기를 잔뜩 머금고 '뿌욱 뿌욱' 내뱉으며 장난치는 소리 같기도 하고 우스꽝스럽게 걸어가는 캐릭터의 발자국 소리 같기도 했다. 이 소리가 긴장되는 회사 생활에 활력이 돼주기도 하고 시간이 멈추지 않았음을 알려주기도 했다. 때때로 누가 어디를 가는지 유추할 수 있을 정도로 나는 이 소리에 귀를 기울이며 재밌어했다. 고풍스럽고 어른스러운 이 공간이 내게 긴장하지 말라고 이야기해주는 것 같아 고마웠다. 학교보다 더 정적이고, 내 또래 친구가 아니라 어른들이 계시는 곳이었지만, 이런 회사라면 100년도 다닐 수 있을 것만 같았다.

하루는 회사 프로젝트 중 인쇄 사고가 나서 회의실에 다 같이 모였다. 다들 미간에 잔뜩 주름을 만들고 팔짱을 낀 채 테이블을 중심으로 동그랗게 섰는데 무거운 정적을 뚫고 너무도 반가운 '삐그덕' 소리가 들려왔다. 지금 다시 생각해도 참 아찔한데, 내 입꼬리는 왜 눈치 없이 씰룩거렸는지. 왜 하필 웃음이 나려고 한 건지! 그 순간을 모면하기 위해 필사적으로 다른 생각을 머릿속에서 찾아내려고 했다. 가여운 노력에도 불구하고 보란 듯이 '빵!' 내게서 웃음이 터져 나왔고 곧바로 등골이 오싹해졌다. 평소에 이 소리가 재미있기는 해도 웃긴 건 아니었는데 그날따라 왜 웃음이 터져 나왔는지 울고만 싶었다. 다행히도 크게 꾸중을 듣지는 않았지만 종일 창피하고 죄송스러운 마음에 퇴근길 발걸음이 무거웠다. 그날 알았다. 내가 다른 사람들과 웃음 포인트가 살짝 다르다는 걸.

때때로 지루해지는 순간이 생기면 못 견디는 걸까? 나는 나름 진지한 태도로 집중하고 있다가도 흐름이 끊겨 다른 생각에 빠질 때가 있다.

우리는 어쩌면 취향이에요

대중교통을 기다리거나 지루한 전화를 받을 때 눈으로 점을 세 개 찾는 버릇도 있다. 점은 보통 바닥이나 벽, 무늬가 많은 사물에서 쉽게 찾을 수 있는데, 점 세 개 중 두 개는 눈이 되고, 하나는 입이 되어 마치 얼굴처럼 상상된다. ('.') 이렇게 말이다! 마찬가지로 아스팔트 바닥 위의 페인트 자국이라든가 하늘에 떠 있는 구름을 보며 기억 속 동물이나 좋아하는 음식의 모양을 떠올려보기도 한다. 일상에서 숨바꼭질을 하듯 세 점을 찾아 귀여운 얼굴을 요리조리 만들다보면 어느새 시간이 훌쩍 지나 있다.

때로는 주변에 이런 기분을 전해주고도 싶다. 지루한 일상 속에서 잠시 미소를 띄울 수 있는 순간을 만들어주고 싶은 거다. 그럴 땐 행운의 쪽지를 쓴 뒤 몰래 숨겨두거나 단순하고 뻔한 별명을 선물한다. 내가 짝꿍에게 지어준 별명은 '깡깡몬'이다. 문득 짝꿍을 보는데 앙증맞고 귀엽고 작은 움직임이 떠올라 지어준 이름이다. 재미있는 억양으로 부르기 시작했는데 정말 고맙게도 짝꿍도 좋아해주는 애칭이 되었다. 친구들에게 별명을 만들어 붙여주면 "에이 그게 뭐야"라며 갸우뚱하다가도 금세 별명의 의미를 이해하고 함께 즐기기 시작한다. 짝꿍과 가전제품에서 나는 소리에 맞춰 춤을 추기도 한다. 단순한 멜로디가 흘

러나와도 우리는 어떻게든 춤을 출 수 있다. 밥솥에서 나
는 취사 알림음, 핸드폰 기본 벨소리나 기기를 켤 때 나오
는 로고송처럼 짧은 음악들에 우스꽝스러운 동작들을 이
어 붙여 우리만의 춤을 춘다.

초능력이 있는지도 몰라

버스정류장까지 가는 내 발걸음이 빨라진다. 늦을 것 같은데 어쩌나. 보통 미팅이 있으면 짝꿍과 함께 일찍 집을 나서는데 오늘은 혼자 준비하며 게으름을 피우다가 조금 늦게 출발했다. '아, 초조해…. 버스 시간을 확인하고 출발할걸. 조금만 서두를걸. 그랬으면 이렇게 마음이 불편하지는 않을 텐데' 버스 정류장에 도착하는 순간, 버스가 딱 내 앞에 도착한다. 자리를 잡고 앉아서도 '버스가 조금만 더 빨리 달리면 좋겠다' 하고 조바심이 난다. 아주 다행히 바로 잡아탄 버스 덕분에 미팅 5분 전 약속 장소에 도착하면, 내가 초능력을 가진 것 같은 기분이 든다.

내게 초능력이 있는 게 아닐까, 하는 상상에 빠지는 순간들이 있다. 이어폰으로 음악을 들으며 들른 카페에서 커피 주문을 하려고 잠시 이어폰을 뺄 때, 내가 듣고 있던 음악의 같은 구간이 매장 스피커에서 흘러나오는 순간을 종종 경험한다! 이럴 땐 정말로 화들짝 놀라는데 핸드폰이 고장나서 내가 듣는 음악이 이어폰이 아니라 핸드폰 스피커로 흘러나오는 건 아닌가 하는 마음에서이다.

내 초능력이 의심되는 순간은 또 있다. 어느 날 문득 생각나는 친구를 두고 잘 지내고 있는지 마음으로 안부를 물으면 정말 신기하게도 친구에게 연락이 온다. 나와 텔레파시가 통한 게 분명하다! 이렇게 마음으로 부른 친구의 연락은 어쩐지 더 반갑다.

내가 초능력을 가지고 있는 게 분명하다고 가장 강렬하게 느끼는 순간은…, 작업이 많이 밀려 있을 때다. 계절이 바뀌는 환절기에 특히 작업량이 많아지는데 이 많은 작업을 과연 내가 해낼 수 있을까 하는 막막함이 먼저 든다. 빽빽하게 스케줄이 적힌 다이어리를 보면 시작하기도 전에 녹초가 되는 것 같은데, 마음을 다잡고 작업을 시작하면 신기하게 속도가 붙어 빠르게 진행된다. 이렇게 작업이 몰리는 기간에는 하루의 작업을 마치고 침대에 누우면 오늘하루가 어떻게 흘러갔는지 기억이 잘 나질 않는다. 참 재미있게도 기억이 나지 않는 이유를 스스로 순간이동을 해서라고 상상하곤 한다.

나는 짝꿍과 '만약에'로 시작하는 엉뚱한 이야기를 종종
나누는데, 초능력 이야기는 이때 빠뜨리지 않는 소재 중
하나다. 동경하던 만화 속 주인공들의 초능력뿐만 아니라
누군가를 해치지 않는 선에서 사용할 수 있는 작고 재미있
는 초능력들을 생각해보며 행복한 상상에 빠진다.

"나는 우리 집 고양이 솜이랑 대화를 하는 능력을 갖고 싶
어" 가장 최근에 말했던 내가 바라는 초능력인데, '솜이
가 말을 할 수 있다면 과연 어떤 말을 제일 먼저 할까? 목
소리는 어떨까? 계속 간식을 달라고 할까? 솜이가 그동안
생각해온 진심을 마구 쏟아내면 어떡하지?' 등 별별 생각
이 다 들었다. 예를 들어 "그동안 네가 준 사료 정말 맛이
없었어" 같은 말을 할지도 모른다. 그래도 괜찮으니 솜이
랑 대화를 할 수 있다면 너무 좋을 것 같다. 고양이로 사는
묘생은 어떤지, 요즘 가장 큰 관심
사는 무엇인지, 무엇보다 평
소에 무슨 생각으로 사는
지 물어보고 싶다.

나의 짝꿍은 하늘을 날고 싶
다고 한다. "새처럼 훨훨 나는

기분은 어떨까? 어쩌면 벌써 하늘을 나는 사람들이 있으려나?" 비행기를 타면 되지 않겠냐고 하니 하늘을 날면서 새로운 운수업을 꿈꿀 거라며 눈을 반짝인다. 예를 들면 파리에서 서울까지 1시간 직배송 같은 사업. '하늘을 날 수 있다면 나도 같이 데려가줄래?' 너무 높이 올라간다면 조금 무서울 것 같긴 하지만 저 높은 하늘의 고요함을 느껴보고 싶다.

오늘도 초능력을 쓰고 싶은 순간이 10번 정도 있었지만 초능력 없이도 잘 보냈다. '어쩌면 어떤 능력이 있는지 아직 다 밝혀지지 않은 나 자신이 초능력이려나? 언제쯤 나는 제대로 된 초능력을 쓸 수 있을까? 또 초능력이 어쩌고저쩌고 하며 시시콜콜한 생각에 잠기다보니 잘 시간이 되었군. 꿈속에서는 내가 꼭…'

우리는 어쩌면 칭찬이에요

♡ 취향 상자
열어보기

빈티지 원피스 p.070 ❶

할머니의 오래된 금장 손목시계는 결국 내가 물려받았는데, 배터리 생산이 더 이상 안 되는 오래된 시계를 왜 가지려 하는지 할머니는 내가 이해가 안 된다고 하셨다. '할머니는 어떤 약속을 기다렸을까?', '몇 시를 가장 좋아하셨을까?'

취향 테스트 p.080 ❷

나는 어쩌면 자연과 친해지고 싶은 게 아닐까? 풀냄새를 맡고 싶고, 맑은 밤하늘의 달빛을 보고 싶고, 물비늘로 반짝이는 강을 보러 가고 싶고, 숲이 주는 고요함을 누리고 싶은데, 당장 오늘의 마감을 생각해야 해서 나는 이러한 경험들을 허상이고 시간 낭비라고 생각하며 살아온 걸지도 모른다.

분홍색 p.084 ❸

분홍색의 가장 큰 매력은 예민함이다. 물감을 사용해 분홍색을 만들 때 불필요한 색이 조금이라도 섞이면 바로 흐리멍덩한 회색빛이 돈다. 흰색과 빨간색, 때때로 노란색의 비율이 적절하게 섞여야 맑은 분홍색이 나온다.

꿈 기록장 p.097 ❹

나는 자동차 운전이 미숙한 편인데 꿈속에서는 드라이브를 자주 다닌다. 러시아워 없이 광활하게 펼쳐진 도로를 자유롭게 달리는 것이다. 조수석엔 늘 짝꿍이 앉아 있는데 꿈속에서도 짝꿍은 늘 든든한 존재인가 보다.

소녀는
오늘도 꿈꾼다

내 회사를 만들다

잘 다니던 회사를 그만두기로 결심하기까지 오랜 시간이 걸리지는 않았다. 퇴사 결정을 하기 직전까지 나는 인디자인과 씨름하고 있었고, 당장 내일 스케줄을 체크하며 프로젝트에 들어갈 외주 일러스트 작업과 관련해 메일을 쓰고 있었다. 진행되는 상황을 일러스트 작가에게 공유하기 위해 써내려가다가 문득 잊고 있던 그림 생각을 하게 되었다.

'나도 그림 그리는 거 참 좋아했는데…. 시간 가는 줄 모르고 그림을 그리던 나였는데…. 어느 순간부터 내가 좋아하는 것을 잊은 채 살아가고 있잖아? 아니, 어쩌면 조금씩 잊어가야 했는지도 모르지'

회사를 다니며 종종 시간을 내서 그림을 그리기도 했지만 퇴근 후에 보통은 피곤해서 누워버렸고, 누워서 쉬는 것이 낫다고 생각하기도 했다. 그림 그리는 시간이 나에게 사치가 되어버렸다고 느끼니, 좋아하는 것들로 반짝이던 어린 시절이 내 이야기였나 싶을 정도로 슬프게 다가왔다. 나 자신이 사라진 듯한 일상을 자각할수록 마음이 텅 비는 것만 같았다. "얼마 버티지 못하고 다시 회사로 돌아가게 될 거야", "회사 다니면서 그림 그릴 수 있는데 왜 굳이 퇴사까지 해?" 걱정하는 이야기를 듣는데 마음속에 이상한 반항심과 오기가 생기고 내 삶에서만큼은 내 선택이 옳았다는 것을 보여줘야지 싶었다.

한편 나는 회사 생활에 잘 적응해 있기도 했다. 때때로 힘든 순간도 있었지만 시간이 흐를수록 일에 대한 애착도 많아졌고 직업에 대한 자부심도 커졌다. 무엇보다 체계적으로 움직이는 일상이 만족스러웠다. 입사 합격 통보를 듣고 좋아하던 밤, 첫 명함을 받으며 감격해 눈물지었던 순간, 회사에서 맺은 소중한 인연들, 내 책상, 오래된 건물 창으로 스며드는 햇빛, 커피 향 가득한 정다운 사무실, 인쇄 샘플이 나왔을 때 모두가 즐거워하던 순간. 회사 생활의 소소한 기쁨들을 생각하니 마음이 크게 흔들렸지만, 내가 사라지는 느낌과 내 일상에 대한 갈증이 훌쩍 자라나고 있었기에 퇴사를 결정했다.

퇴사를 하고 나서 가장 먼저 한 일은 일기장을 펴놓고 몇 날 며칠 생각에 잠긴 거였다. 잠들어 있던 나에 대한 이야기들을 하나하나 써보기 시작했다. 그동안 잊고 지내 미안하다는 마음으로 작은 생각 하나까지도 놓치지 않고 적었다. 새롭게 시작될 일상의 작은 계획들도 세웠다. 하루 일과 중 그림 그릴 시간을 정하면서는 혼자 키득 웃었다. '하루 중 5시간은 마음껏 그림 그리는 시간으로 정해볼까? 아니, 5시간은 너무 야박해. 7시간은 되어야 할 것 같은데. 시간이 뭐가 중요한가, 그냥 하루 종일 실컷 그리자' 혼자 크게 인심을 쓰며 행복해했다. 그렇게 나는 그림 그리는 삶을 시작했다.

그림도 마음껏 그리고 미루어왔던 잠도 실컷 자는 날들. 어떤 날은 하루 종일 그림만 그리다 지쳐 잠이 들기도 하고 어떤 날은 아무것도 하지 않은 채 시간을 보내기도 했다. 시간이 한 달 정도 흐르니 회사를 다니던 때의 나는 더이상 찾아볼 수 없었다. 기상 알람은 없어진 지 오래였고, 눈을 뜨는 시간도 매일 달랐다. 회사 생활을 하던 때와 비교해 내 생활에 체계가 무너져버렸다. 게다가 작업하는 패턴도 엉망이었다. 마음 한편에서 불안이 스멀스멀 자라났다. 좋아하던 회사를 뒤로하고 좋아하는 그림을 위해 큰 결심을 했는데…. 퇴사만 하면 될 줄 알았는데…. 지금 내 모습에 아쉬움이 자꾸만 들었다. 어렵게 얻은 내 일상을 이렇게 보낼 수는 없었다.

다시 일기장을 펼쳤다. 퇴사를 하며 두서없이 적어두었던 계획들을 지우고 최근 내 일상들을 더듬어 차근차근 다시 계획을 세워나갔다. 조금 더 나를 위한, 내가 정말 지킬 수 있는 현실적인 규칙들을 만들어나갔다. 회사에서의 기억도 더듬어보며 내 일상을 정리해보았다. 그리고 스스로 작은 회사를 운영한다고 생각하며 출퇴근 시간을 만들고 점심시간도 만들었다. '내 방은 그림 그리는 회사고 앞으로 내 일은 그림 그리는 일이다' 의뢰는 없어도 스스로 마감일을 정하고 지키며, 월말엔 그동안 그린 그림들을 보며 혼자 작은 콘테스트를 열 계획도 세웠다. 업무일지 같은 일기도 꼭 적기로 약속하고, 나의 폰트, 나의 컬러도 정해보았다. 나를 토닥여주는 시간도 갖기로 했다. 조금 더 욕심을 내어 '그림으로 돈 벌어보기'를 우리 회사의 큰 목표로 정해보았다. 그렇게 나는 내 작은 방에서 회사놀이를 시작했다.

홀로 회사놀이를 하는 나날은 사실상 백수로 살아가던 내

게 큰 용기와 힘이 되어주었다. 나는 내가 만든 규칙들을 꼭 지키고 싶었다. 혼자서 규칙을 만들고 지켜나가는 게 마음처럼 쉽지 않았고 때때로 규칙을 지키지 못한 날엔 우울해하기도 하고 답답해 울기도 했다. 내가 흐트러질 때면 입술을 깨물며 세웠던 규칙들을 다시 떠올렸고, 언젠가는 내 마음에 드는 그림을 그릴 수 있을 거라는 희망을 품고 전투적으로 그림을 그려나갔다. 기쁜 일이 생기면 크게 자축했다. 돈이 없어 친구를 만나지 못할 때는 그림을 그릴 에피소드가 하나 더 생겼다며 스스로 위로했다. 매일을 어둠 속에서 외롭게 비틀비틀 줄타기를 하며 살아

가는 것만 같았지만 시간이 흐를수록 나는 조금씩 단단해
졌다.

방 안에서 회사놀이를 하며 정해놓은 규칙들이 지금은 완
전히 나의 삶이 되어 있다. 이 규칙들 덕분에 나는 그림으
로 돈을 벌고 있으니 어쩌면 회사의 가장 중요한 목표를
이룬 것 아닐까 싶다. '나'의 삶을 되찾기 위해 퇴사를 결
심하고, 하나부터 열까지 오롯이 '나'를 위해 내가 만들고
지켜왔던 규칙들. 이 규칙을 지키며 그림 그리는 삶을 이
어나가는 마음을 나는 '맑은 고집'이었다고 부르고 싶다.
그림 그리며 온전히 삶을 꾸려나가고 있는 요즘, '맑은 고
집'으로 이 삶을 단단하게 만들어준 과거의 나에게 감사한
다. 버텨주어서 고마워!

♥

한강의 맛은 어떨까요?

　　퇴사를 한 후 인천 본가에서 혼자 그림을 그리던 시절, 우연한 기회로 단체 전시에 참여하게 되었다. '내 그림을 전시한다니!' 전시라는 말 한마디에 마음이 풍선처럼 크게 부풀었다. 첫 전시였다.

어렵사리 전시장에 그림을 걸었는데 결과는 최악이었다. '누군가 마법을 걸어놓은 걸까, 이상하게 내 그림만 점점 작아지는 것 같아' 넓은 전시장 안에서 내 그림은 다른 작가들의 작품에 비해 크기도 작았지만 내 눈에 참 볼품없어 보였다. 조악하게 빛나는 싸구려 플라스틱 같았다. 전시 오픈 파티로 북적북적한 공간 속에서 '역시나 나는 아직 준비가 되질 않았나 봐. 이 귀한 제안이 조금만 늦게 왔으면 어땠을까? 그때는 내 그림에 만족했을까?' 첫 술에 배부를 수 없다며 가까스로 내 자신을 다독여보아도 나는 자꾸만 작아졌다.

그러던 와중에 지인의 지인쯤 되는 사람, 이름은 모르지만 낯익은 한 남자가 내 그림 앞에서 어슬렁거리는 게 보였다. 그 남자는 김빠진 맥주가 반쯤 담긴 투명한 플라스틱 잔을 앞니로 질근질근 씹고 있었다. 눈이 마주쳐 살짝 목인사를 건넸는데 돌아오는 대답은 인사가 아니었다. 마치 나를 기다렸다는 듯이, 총알을 장전하고 있었던 것 같은 대답이 돌아왔다. "누나, 보아하니 얼마 못 벌 것 같은데 다른 일을 찾아보는 건 어때요?"

예상치 못한 반응에 아무 대답도 못하고 멀뚱멀뚱 그 남자의 입술을 바라보고 있었다. 바보처럼 말이다. 내가 돈을 못 벌고 있는 것은 사실이었지만 당신이 걱정해주지는 않아도 된다고 이야기하고 싶었다. 하지만 이미 한없이 작아져버린 나는 아무 말도 못하고 온몸으로 총알을 받고 있었다. 눈물이 쏟아질 것만 같았다. 무례한 말을 쉽게 던진 그 사람은 취기로 반쯤 눈이 풀린 채로 어슬렁어슬렁 자리를 떠났다.

꽃다발도 받고 용기를 내어 처음으로 아빠를 초대해 내 그림도 보여드린 날이었다. 기쁨과 슬픔이 범벅이 되니 갑자기 피로가 몰려왔다. 뒤풀이 제안을 사양하고 조용히 빠져나왔다. 그 자리에 있으면 눈물을 터뜨릴 것만 같아서.

'겨울이 오는 걸까?' 아직 초가을인데도 밤거리가 이상하게 추웠다. 북적북적한 서울을 한시라도 빨리 벗어나고 싶었다. 발걸음이 점점 빨라졌다. 초라한 내 모습을 어느 누구에게도 보여주고 싶지 않았다. 한없이 쓰러지는 마음을 겨우겨우 붙들고 인천으로 가는 공항철도에 올라타서야 조금이나마 마음을 놓을 수 있었다. 지하철 안은 평소와 다르게 텅텅 비어 있었다. '그래, 금요일 밤 이 시간에 집에 가는 사람은 많지 않겠지' 그래도 나는 자리에 앉지 않았다. 피곤이 몰려오고 있지만 나는 꾸역꾸역 문 옆에 섰다. 한강을 보려고.

디지털미디어시티역을 지나자 눈앞에 검게 일렁이는 한강이 나타났다. 코끝이 찡해졌다. 한강을 바라보니 참고 참았던 눈물이 툭 터져버리고 말았다. 서울에 갈 때마다 늘 바라보던 한강이 오늘따라 왜 이리도 슬퍼 보이는지. 검은 한강에서 사람들의 갖은 피로와 한숨, 눈물이 보였다. 창피한 줄도 모르고 눈물을 계속 쏟아냈다. 억울하고 분했다. 그토록 기다렸던 전시였는데. 화가 나도 한마디도 못한 내 자신이 바보 같았다. '시간을 되돌린다고 해도 딱히 내가 할 수 있는 말도 사실 없잖아. 바보다. 바보가 맞다' 너무도 예쁘게 반짝이는 한강에게는 미안하지만 기억을 더듬어 속상한 마음 한 스푼, 억울한 마음 한 스푼, 그리고 갑자기 피어오르던 오기 한 스푼을 한강 위에 덜어 냈다. 그리고 '오늘을 영원히 기억할 거야'라고 다짐했다. 반짝이는 한강을 바라보며 더 이상 울지 않겠다고, 이렇게 울던 날을 기억하며 더 열심히 살아가겠다고 말이다. 한강 위를 지나가던 짧은 순간 동안 나는 단단해졌다. 눈물과 콧물로 얼룩진 얼굴을 두 손으로 꼬옥 감쌌다.

집으로 돌아와 그 밤에 서울로 갈 계획을 세웠다. 날 서럽게 만든 도시 속으로 직접 걸어 들어가 어떻게든 살아남기로 결정한 것이다. 마치 전쟁을 준비하는 군인처럼! 그리고 무례했던 그의 말을 떠올리며 다시는 바보처럼 대답도 못하고 서 있지는 않겠다고 결심했다. 나를 스스로 지키기로 했다.

나는 아직도 지하철을 타다가 한강이 나타나면 그때를 떠올린다. '그 사람, 잘 살고 있으려나?' 여유가 생긴 건지, 그때의 오기와 분노가 낡고 바란 건지 몰라도, 가끔 그 사

람의 안부를 마음속으로 묻곤 한다. '눈물로 범벅이 되었
던 그날 덕분에 내가 아직도 그림을 그릴 수 있는 건 아닐
까? 어쩌면 내게 아주 조금은 고마운 사람일지도' 내가 종
종 자만을 하거나 나태해질 때면 한강을 보러 가곤 하는데
아직도 한강을 바라보는 마음이 편하지는 않다. 한강에
비치는 도시의 모습을 보면 엉엉 울던 내가 떠올라 슬퍼지
기 때문이다. 그래도 스스로에게 부끄럽지 않은 내가 되

자는 다짐을 하며 돌아오곤 한다. 열심히 살아갈 수 있게 힘을 주는 고마운 한강.

달리는 열차 밖으로 한강이 나타나면 사람들이 하던 일을 멈추고 일제히 창문을 바라볼 때가 있다. 이 사람들 중에도 나처럼 한 스푼 한 스푼 마음의 아픔을 덜어내고 있는 사람이 있을까. 그 마음이 모두 녹아 있는 저 한강은 무슨 맛일까. 적어도 나에게 한강은 지독히 쓴 맛인게 분명하다.

♥

나만의 905호

　　나에게 작업실이 필요하다고 느낀 건 처음 맡은 일
러스트 외주 작업을 마감한 순간이었다. 본가 근처의 카
페를 전전하며 작업을 했는데 잊고 있던 내 공간에 대한
욕심이 몽글몽글 차올랐다. 나는 첫 작업의 작업료를 받
자마자 부동산으로 갔다. 진한 인스턴트커피 향과 우리
동네 지도들이 사방에 빼곡하게 붙어 있는 모습이 참 인
상적이었다. 창이 넓고 햇빛이 잘 들고 집에서 불과 5분
도 걸리지 않는 곳에 있는 오피스텔로 첫 작업실을 마련했
다. 계약서에 도장을 찍고 너무 기뻐서 계약서에 적힌 내
이름 석 자를 한참 뚫어지게 쳐다봤다. 905호. 드디어 나
의 첫 작업실이자 방이 생겼다.

　　나는 쉼 없이 쓸고 닦고 작업실 벽에 걸 그림도 그렸다. 손
님이 오면 대접할 차도 정성껏 골라 준비해두었다. 오후 4
시쯤 흰 벽에 걸린 나의 분홍빛 그림 위로 햇빛이 내려앉

으며 생기는 사다리꼴 그림자가 좋았다. 도시가 잠든 새벽에 작업실에 있으면 세상에 나만 존재하는 것 같은 황홀감이 들었다. 새벽 시간이 유독 좋아서 새벽이 되기를 기다려 스탠드 불빛 아래서 마무리 작업을 하거나 일기를 쓰기도 했다. 나의 첫 작업실이었던 905호는 정말 큰 애정을 쏟았던 곳이다. 이곳에서 크고 작은 작업을 맡기 시작했고, 그림도 정말 많이 그렸고, 이 공간에서 방송 촬영도 했으며, 밤새 친구와 마음 놓고 떠들 수 있었던, 꿈의 공간이었다. 그래서 짝꿍과 함께 '스탠다드러브댄스STANDARD LOVEDANCE' 매장을 계약하게 되어 채 일 년을 채우지 못하고 이사를 하게 되었을 때 9층을 한참이나 올려다보며 아쉬워했던 기억이 난다.

나의 두 번째 작업실은 스탠다드러브댄스의 한편에 마련했다. 매장 개편을 하면서 매장 전체를 작업실 무드로 꾸몄다. 그동안 조금씩 제작하던 굿즈의 카테고리를 넓혀 본격적으로 매장을 꾸렸던 시기다. 905호 작업실 흰 벽 위에 있던 작은 그림 속 분홍빛이 점점 커져 매장 전체를 덮은 셈이다. 매일매일 꿈을 꾸는 것 같았다. 스탠다드러브댄스로 작업실을 옮기면서 나는 더 진지해졌다. 일러스트레이터이자 문구 디자이너이자 개인사업자라는 나의 역할에 어리둥절하기도 했다. 작업에 대한 성취감이 높아지고 능률도 올랐지만 개인 작업에 스탠다드러브댄스 일까지 얹어지면서 어마어마하게 많은 일을 했다. 내가 좋아하는 책상 앞에 앉아 좋아하는 일을 하고 하나부터 열까지 나와 짝꿍의 손끝으로 만든 공간에서 행복한 매일을 보내면서도, 잘하고 싶은 미련한 욕심에 쉼 없이 달리기만 하던 나. 스스로 만든 기쁨과 우울이 공존하던 분홍빛 공간이었다.

내 공간에 대한 욕심은 어릴 적 결핍 때문인지도 모른다. 연년생인 남동생과 방을 같이 썼는데 하루가 멀다 하고 서로 자기 방이라며 다투었다. 호기심 많던 남동생은 늘 내 물건을 신기해하며 몰래 건드리고는 시치미를 뗐는데, 어쩜 그렇게 얄미운지 내 물건에 손을 대지 못하도록 몰래 숨겨놓거나 나만 알 수 있는 장치를 만들어놓곤 했다. 연년생이다 보니 학용품도 자연스럽게 남동생에게 물려주거나 같이 써야 해서 그만큼 나만의 것, 나만의 공간을 갖고 싶었다.

그래서 학생 때에는 학교에서 배정받은 책상 위가 오롯이 내 공간이라고 생각돼 정말 기뻤다. 한정된 이 공간을 어떻게 하면 재미있게 꾸밀 수 있을지 고민하곤 했다. 배정받은 사물함 안에 작은 인형을 가져다 놓으며 작은 세상을 만들어주기도 했다. 등교하면 꼭 사물함을 열어 환기를 시켜주고, 내가 없던 시간 동안 홀로 보냈을 인형의 하루를 상상하기도 했다.

905호의 작업실은 그리운 고향이고, 스탠다드러브댄스는 한없이 소중한 보물이다. 나만의 작업실은 향기, 시간, 이미지, 구조, 가구까지 작업에만 초점을 맞출 수 있어 내게 큰 힘을 주었다.

나는 벽을 등지고 앉는 버릇이 있어서 작업실에서 책상은 늘 넓은 쪽을 바라보고 앉는 독특한 구조로 배치한다. 벽과 책상 사이에는 의자가 들어갈 수 있는 최소한의 공간을 만드는데 작은 캐비닛을 책상 아래로 넣어 중요한 물품들을 보관할 수 있는 '보물 상자'를 만든다. 공간 속의 공간, 그 안의 또 작은 공간을 만들어가는 것이다. 책상 위엔 메모지가 덕지덕지 붙은 컴퓨터를 비롯해 신티크, 스캐너 등이 자리잡고 있고, 스탠드 불빛 아래 책들이 켜켜이 쌓여 있다. 먹다 남은 샌드위치와 얼음이 녹아 묽어진 커피잔, 종이 샘플, 글씨가 빼곡하게 적힌 일기장, 칼과 종잇조각들, 새로운 굿즈 상품 샘플들, 두 달 전에 멈춰 있는 캘린더, 스캐너에 들어가야 할 스케치 원화, 동그란 교정용 안경, 형형색색 컬러 칩들이 함께 놓여 있다.

정리하기를 좋아하는 나는 유독 책상 위를 어지르는 일엔 관대한 편이다. 작업을 하며 물건들이 여기저기 흩어지는 풍경이 좋기 때문이다. 그 풍경을 바라보며 오늘 하루 열심히 작업한 것 같은 착각에 잠깐 빠지기도 한다. 내 그림을 너무 좋아하는 나는 이곳저곳에 내 작품을 걸어놓았다. 그것도 가장 크게! 가끔 내가 미련한 마음에 빠질 때면 내 그림처럼 살고자 했던 다짐을 다시금 떠올리기 위함이다. 또 내 작업실엔 늘 소파가 있는데 (나는 사실 소파보다는 책상 앞에 앉아 있기를 더 좋아하지만) 소파가 주는 낭만적이고 폭신한 분위기 때문에 소파를 둔다. 종종 좋아하는 사람들이 놀러와 소파 위에 옹기종기 앉아 있는 모습을 보고 있자면, 소파를 들여놓길 잘했다는 생각을 한다. 소중한 내 공간이 오래오래 반짝이게 해줘야지.

아무튼 짧게 머물렀지만, 나의 미련한 마음을 달래주었던, 향초 냄새가 깊게 배어 있던 새벽의 905호를 잊지 못할 것만 같다. 아마도 꽤 오랫동안 말이다. 종종 본가에 갈 때면 작업실이 있던 오피스텔을 지날 때가 있는데, 건물 앞에 서서 한참을 올려다본다. 무모하고 서툴던 시간, 미련한 욕심, 우울의 감정 등 모든 것이 아직도 그곳에 머물러 있을 것만 같다. 아니 어쩌면 그곳에 버려두고 온 것일지도 모르겠다. 시간이 참 무섭다. 안 좋은 기억은 시간이 흐르니 자연스럽게 증발해버리고 그 자리에 반짝이는 추억만 남아버렸다. 이제는 또다시 새로운 곳에 많은 것을 담으려 한다. 물질적인 것들을 넘어 눈에 보이지 않는 나의 생각과 감정 그리고 추억까지…. 어떤 것들이 담길지 궁금하다. 새로이 생긴 소중한 내 공간이 오래오래 반짝이게 해줘야지. 905호처럼 말이다.

이영선과 이공

사랑니로 고생하던 늦여름이었다. 나는 일주일에 한 번은 치과에 가야 했다. 치과에 들어서자마자 들리는 무시무시한 기계 소리는 거대한 고양이가 내는 하악질 같 았다. 마지막으로 남은 사랑니 발치를 위해 접수를 마치 고 대기석에 앉아 주변을 둘러봤다. 눈이 시릴 정도로 하 얀 인테리어와 밝게 빛나는 대리석 바닥은 치료를 마친 새 하얀 치아를 떠오르게 했다. '이 하얀 인테리어마저 나에 겐 공포라니. 평소에 양치를 더 열심히 해야 했어. 그래야 만 했어. 절망으로 가득한 나의 인생이여' 초조한 마음으 로 기다리는데 간호사가 이름을 부르며 내 순서임을 알려 준다. "이영선 님, 들어오세요"

어릴 때부터 나는 내 이름을 참 좋아했다. 무척이나 평범 한 이름이고, 내 또래 친구들에 비해 세련되거나 기억하 기 쉬운 이름도 아니었지만, 내 이름 속에 'ㅇ'이 3개가 들어간다는 것, 그리고 숫자로도 쓸 수 있다는 것, 'ㅇ'을 조금 특이하게 쓰는 방법 등을 생각해내며 내 이름을 더 좋아하게 되었다. 이름을 붙여주고 부른다는 것은 참 애정 어린 행위인 것 같다고 생각했다.

그래픽 디자이너로 활동하던 짧은 회사 생활을 뒤로 하고, 혼자서 그림을 그리기 시작하면서 나는 내게 새로운 이름을 붙여주고 싶었다. 내 새로운 시작을 축하해주고 싶었다. 어쩌면 나를 아는 주변 사람들이 내 그림을 보면서 내 그림인 줄 몰라봤으면 하는 장난기도 있었다. 내가 바라보는 나의 모습, 내게 어울릴 새로운 이름은 무엇이 좋을까? 좋아하는 색깔, 조미료 명칭, 야생화의 이름, 희귀한 향료 명칭 등 내가 알고 있는 신기한 단어들을 한참 적어보고 조합하고 만들어보다가 결국 '이공'이라고 부르기로 결정했다.

'이공'은 정말 우습게도 내가 카드 결제 시 서명으로 사용하던 '20'을 한글로 쓴 것이다. 이영선이라는 이름처럼 평범하고, 미지근한 온도 같고 크게 마음에 들지도 싫지도 않은 이름, 이공.

때로는 '이영선'으로 때로는 '이공'으로 불리는 나는 작가님, 선생님 등 과분한 호칭으로 불리기도 한다. 하지만 이런 호칭은 괜스레 내가 무언가를 점잖게 해야 하는 것만 같아 솔직히 조금 간지럽다. '이영선' 또 '이공' 둘 다 튀지 않는 보통의 이름이지만 누군가 내 이름을 불러주면, 그

순간 마음속에 기분 좋은 긴장감이 피어난다. '이공'이라는 이름으로 산 지도 벌써 꽉 찬 5년이 다 되어간다. 딱히 큰 의미를 부여해 만든 이름이 아니었지만, 해를 거듭할수록 '이공'이라는 이름이 불릴 때면 나는 미래에서 그림을 그릴 나의 모습을 상상해보곤 한다. 내년, 내후년, 10년 뒤 아니 20년 뒤의 '이공'은 과연 어떤 모습으로 그림을 그리고 있을까. 아마 지금과 크게 다르지 않을 것 같다. 우스꽝스럽게 뛰어다니다 그림을 그려야 할 때 엉거주춤 책상 앞에 앉아 몇 시간이고 그림과 씨름하다가 '도저히 못하겠다'며 볼멘 소리를 하고, 그러다 또다시 그림을 그리겠다며 펜을 집어 드는, 제멋대로지만 그림에 대한 마음만은 뚜렷하고 선명한 그런 중년이 되어 있을 거라고 나는 생각한다. 오래오래 '이공'이라고 불리며 작업하고 싶다. '이공'이라고 불러주는 목소리가 점점 더 나를 즐겁고 설레게 만든다. '이공'과 '이영선' 둘 다 오래오래 행복하기를. 그리고 이 이름이 오래 불리기를 잠시나마 두 이름 사이에서 혼란을 느꼈던 내 자신에게 안도의 말을 전해본다.

뚱한 표정이면 어때

어릴 때부터 표정 때문에 어른들께 종종 이런 말을 들었다. "화가 났냐", "기분이 좋지 않냐" 내가 웃고 있지 않으면 늘 이렇게 묻는 것이었다. 가끔은 "웃어라"라고 강요하는 어른도 있었는데 지금 생각해보면 꽤 폭력적이다.

나도 안다. 어떠한 표정도 짓고 있지 않을 때, 내 입 꼬리가 아래로 처진 초승달 모양을 하고 있다는 걸. 그래서인지 웃을 때와 웃지 않을 때 표정의 온도 차가 크다는 것도. 화가 나거나 기분이 좋지 않을 때도 나는 무표정이 되는데, 왜 무표정이면 안 되는 걸까. 오히려 기분이 좋지 않은데도 웃는 게 더 무섭지 않을까. 처음엔 참 의아했지만, 어느덧 나는 울면서도 입모양은 늘 반달을 그리는 아이가 되어버렸다.

나의 무표정이 어른들을 불편하게 했겠지…. 어쩌면 어린 아이에게는 무표정처럼 어려운 것을 용납하고 싶지 않았던 게 어른들의 마음이었는지도 모르겠다. 하여튼 나는 어른들이 불편해하는 것 같아서라도 늘 과하게 미소 짓곤 했다. 아니 어쩌면 반대로, 별 생각 없이 지은 나의 표정에 가지는 관심이 부담스러워서 시키는 대로 웃고 있었던 것일지도 모르겠다. 웃고 있으면 그냥 평범한 것이 되니까.

웃는 습관 때문에 그림을 그릴 때에도 종종 혼란스러웠다. 이렇게까지 찡그린 표정을 그려도 될까, 뚱한 표정을 지은 얼굴을 그려도 될까, 하는 질문들이 내 안에서 계속 떠올랐던 것이다. 줄곧 그려내는 표정도 웃는 표정뿐이었다. 반달눈에 반달 미소를 짓고 있는, 하지만 텅 빈 웃음. '사람들은 밝고, 미소 짓는 얼굴을 좋아하니까 내 그림 속 캐릭터도 당연히 웃고 있어야 해' 하지만 이상했다. 웃는 얼굴은 늘 정답인데 어딘가 모르게 틀린 답을 적고 있는 것 같은 기분.

내 얼굴도 아니고 그림 속 캐릭터의 얼굴을 그리는 것인데도 나는 표정을 지웠다, 그렸다 하기를 수없이 반복했다. 내 기분은 좋지 않은데 내 손끝에서 나온 표정은 웃

고 있다니. 아니야, 나만 보는 이 그림에서만큼은 솔직해
지자! 마음속에서 피어오르던 조그만 반항으로 내가 그리
고 싶은 표정을 그리고 또 그렸다. 그림 속 인물의 눈동자
도 더 또렷하게 그려내기 시작했다. 더 동그랗고, 힘 있
는 눈망울, 자신 있고 씩씩한 눈빛 말이다. 손에 더 힘을
주고, 연필을 바짝 잡아 쥐고 눈을 동그랗게 그리는 연습
을 했다. 어른들은 아무래도 싫어할, 힘 있는 눈을! 이 눈
을 그리며 어쩌면 나는 이런 이야기를 하고 싶은 것인지
도 모르겠다.

슬퍼도, 화가 나도, 기분이 울적해도 웃는 인형처럼 살지
말자. 기쁠 땐 더 없이 기쁜 표정을, 슬플 땐 누구보다도
슬픈 표정을 짓자. 누가 불편해하든 잔소리하든 내 마음
에 따라 그리자.

콩콩 뛰는 종이와 별첨소스

그림이 인쇄되어 제품으
로 만들어질 때면 꼭 살아서 움직
이는 것 같다. 내 그림이 누군가
에게 콩콩 뛰어가는 것 같다. 인
쇄에 대해서는 대학생 시절부터
관심을 갖기 시작했다. 데스크톱
컴퓨터를 살 때 사은품으로 받았던 잉크젯 프린터가 인쇄
의 전부인 줄만 알았는데, 큰 인쇄 공장을 견학하고 과정
을 배울수록 너무도 흥미롭고 신이 났다. 종이 위에 잉크
가 스며들며 나는 냄새는 서점에 들어섰을 때 나는 특유의
책 냄새와 비슷한데, 이런 냄새를 맡을 때면 내가 창작을
하고 있다는 자부심과 자신감으로 가득 찼다.

회사를 다닐 때 처음으로 인쇄 감리를 보러 가던 날도 생
생하다. 무뚝뚝한 인쇄 기장님 옆에 붙어 컬러를 조정하

던 날, 많이 긴장했고 황홀했다. 기계와 종이가 맞물려 돌아가는 시끄러운 소리는 인쇄물이 살아 움직이는 소리처럼 느껴졌다. 잉크 냄새는 말할 것도 없었다. 인쇄소는 그야말로 모든 것을 만들어내는 곳이었다. 그때 그 기억이 계속 나를 움직이게 만드는 게 분명하다. 인쇄소의 황홀함은 언제나 날 들뜨게 만든다.

종이의 한계는 어디까지일까? 모든 것을 품어낼 수 있는 무한함, 아무도 밟지 않은 고요하고 순결한 눈밭 같은 종이를 바라보고 있자면 설레면서도 막막한, 오묘한 마음이 된다. 저마다 다양한 질감과 분위기, 따뜻함, 냄새를 가진 종이는 나에겐 너무도 매력적인 재료다. 내가 가장 좋아하는 종이는 '르느와르'라는 수입지인데 내 그림의 색감을 가장 잘 표현해주는 단단함이 있는 종이이다. 질감은 유광도 아니고 무광도 아닌 둔탁한 매끈함을 가지고 있고, 분명한 백색이지만 따뜻함도 품고 있는 신기한 종이다. 아직까지 이보다 더 내 마음에 쏙 드는 종이는 발견하지 못했다. 맑은 빛의 푸딩 같은 르느와르. 한편 가장 많이 애용하는 건 아무래도 '모조지'이다. 모조지는 참 천방지축이어서 어디로 튈지 모르는 아이 같다. 잉크를 많이 먹는 종이다보니 한시도 긴장을 늦출 수가 없다. 그래도 친근하고 항상 어디서든 찾게 된다. 오래된 친구처럼 투덕거리다가도 다시금 찾게 되는 정든 종이다. 또 내 기준에 가장 종이다운 냄새를 가지고 있는 종이기도 하다.

인쇄 후에는 후가공을 한다. 후가공은 마지막 포인트를 주는, 별첨소스를 뿌려주는 작업이라고 할 수 있는데 홀로그램박, 금박, 은박, 적박, 형압, 미싱, 타공 등이 있다. 인쇄물을 조금 더 특별하게 만들어주는 이 과정은 비용이 더 들긴 하지만, 제일 신나는 작업이기도 하다. 후가공을 통해 인쇄물의 인상이 180도 달라질 수도 있다고 생각한다. 나는 특히나 홀로그램박을 이용한 후가공을 참 좋아하는데 이유는 단순하다. 빛에 따라 반짝반짝! 빛이 나는 그 자체가 황홀하다! 한번은 짝꿍에게 홀로그램박을 바라보며 이야기한 적이 있다. (물론 빛이 반사되는 거지만) 전기 코드를 꼽지 않아도 빛이 난다는 것 자체가 기특하고 신기하다고. 나는 전생에 반짝이는 것만 모으는 까마귀였던 게 분명하다. 무엇보다 다양한 컬러로 가득한 내 그림 위에는 다양한 후가공 중에서도 홀로그램박이 제일 잘 어울린다.

지금은 꽤 능숙하게 잉크 값을 조정하고, 후가공도 더 다양하고 개성있게 시도한다. 종이 외에도 필름지, PVC, 패브릭까지 도전하면서 다양한 문구를 만들어내고 있다. 그래도 불안한 마음을 달래고 싶을 땐 종이 앞으로 간다. 종이 샘플들을 만지작거리면 종이는 언제나 '괜찮다'고 '마음껏 해보라'고 나를 응원해주는 것만 같다. 종이 앞에선 실수하는 게 부끄럽지가 않다. 다 이해한다고 안아주는 것만 같은 하얀 백지의 마음.

어쩐지 귀여운걸

귀여워하는 마음이란 뭘까? 어떤 이를 보고 더할 나위 없이 사랑스럽다고 느끼는 마음일까, 아니면 사랑을 베푸는 마음이라고 해야 할까? 내가 느끼는 귀여움이라는 범위는 참 넓은데, 작디작은 모습을 가리킬 때 쓰기도 하지만 원래의 모습과는 다른 의외의 모습을 볼 때도 귀엽다고 말한다. 어쩌면 내가 어휘력이 풍부하지 않아서 매력을 느끼는 모든 부분을 '귀엽다'며 뭉뚱그려 표현하는 건지도 모르겠다. 귀여운 점을 발견해내는 순간, 나는 삐걱거렸던 마음도 스르르 녹는다. 조금 불쾌했던 날에 발견했던 인쇄소 직원의 반달 손톱도 그렇게 귀여웠다.

야심차게 준비한 스티커를 제작했을 때의 일이다. 여러 모양대로 떼어지도록 주문한 스티커였는데, 처음 거래하게 된 인쇄소에서 문제가 생겼다. 설 연휴 때문인지 발주를 넣어놓고도 한참을 기다려 스티커를 받았는데, 불량이었다. 칼 선이 제대로 들어가지 않아 스티커가 말끔하게 떼어지지 않았고 찢어지기 일쑤였다. 실물을 확인해야 인쇄소에서도 문제의 심각성을 정확히 파악할 수 있을 것 같아서 잘못 제작된 스티커를 들고 갔다. 유리문을 통해 보이는 인쇄소 내부 모습은 무척 분주했다.

"스티커가 안 떼어진다구요?" 퉁명스러운 듯한 말투와 피곤한 모습. 인쇄소 직원은 그럴 리가 없다는 듯한 표정으로 고개를 갸우뚱하며 스티커 앞뒷면을 훑어보았다. 잘 떼어지지 않는 스티커를 거칠게 떼어내려다 찢기도 하는 그의 모습을 보며 나는 마음이 살짝 불편해졌다. '비록 불량이지만, 살살 다루어줬으면 좋겠는데…' 나한테는 소중한 내 그림이지만 타인도 나처럼 살살 다뤄주기를 바라는 것은 욕심일지도 모른다고 생각하며 미간을 찌푸린 직원을 한참동안 옆에서 지켜보는데, 그 사람이 깔끔한 손톱 끝으로 스티커의 마모를 꼼꼼히 확인하는 모습이 눈에 들어왔다. "설이니까 기분 좋게, 전량 재제작 해드릴게요" 후하게 인심을 쓰는 듯한 대답도 조금 신경이 쓰였지만 나는 허허허 웃으며 잘 부탁드린다는 말을 남기고 인쇄소를 빠져나왔다.

돌아가는 길에 문득 직원의 말이 생각났다. 이미 설은 지났는데, 설이니까 기분 좋게 재제작을 해주겠다니? 마감일이 있는 작업이고, 오래 기다려 받은 데다, 결과물에 불량도 많고, 인쇄소 직원은 조금 무신경해 보이는 모습이라니. 아니다, 재제작을 해준다니 불행 아닌 다행이라며 후련한 마음을 가져보려고 애쓰며 걸었다.

집에 와서 계속 떠오르는 게 있었는데, 바로 깔끔하게 잘려 있던 인쇄소 직원의 손톱이었다. 반듯하고 깨끗한 손톱. 단단하게 빛이 나는 조약돌처럼 보이기도 했던. 퉁명스러운 목소리를 듣는 동안에도 반달 같은 손톱 끝으로 스티커의 인쇄 상태를 체크하는 모습에 자꾸만 눈이 갔다. 짧고 깔끔하게 깎인 손톱은 어떠한 종이들까지도 온순하게 만들 준비가 되어 있는 듯 보였다. 예민한 종이를 다루는 직업 정신에서 비롯된 습관인 것일까? 손톱을 짧게 깎으며 무슨 생각을 할까? 당장 내일의 인쇄 스케줄을 생각할까? 나도 손톱을 바짝 자르는 습관이 있지만 아주 잠깐 딴 생각을 하면 손톱 밑이 아프도록 바짝 자르기도 하는데, 그 직원은 손톱을 짧게 자르는 노하우가 있을까? 손톱이 인쇄소 직원의 인생과 직업인으로서의 투철함을 내게 이야기해주는 것 같아 귀엽다고 생각됐다. 귀여운 반달

손톱의 직원은 예상보다 빠르게 재제작을 해서 보내주었고, 미안하다는 메시지도 따로 전해주었다.

나는 평범하고 심심한 일상에서 가끔씩 돋보기로 들여다보듯 귀여운 점을 찾곤 한다. 예를 들어 서류를 정리할 때, 모두가 약속이라도 한 것처럼 종이 끝을 맞추는 모습. 정류장에서 나란히 줄을 서 있는 사람들. 맑은 하늘을 바라보며 핸드폰으로 사진을 찍는 모습. 추운 겨울에 언 손을 녹이려고 손을 비비는 모습. 방법은 저마다 다르지만 별스럽지 않은 작은 행동들이 내겐 귀여워 보인다.

소녀는 오늘도 꿈꾼다

하하호호와 콧물

좋아하는 브랜드 측과 미팅을 하러 가던 날이었다. 잠도 푹 잤고 꼭 한 번 함께 작업해보고 싶었던 곳과의 미팅이라 발걸음이 가벼웠다. 미팅 장소인 웅장한 신사옥에서 출입증을 발급받고 반짝이는 로비를 지나 미팅룸에 도착. 어색한 인사를 나누고 하하호호 웃으며 프로젝트 이야기를 즐겁게 시작하는데, 코에서 뜨거운 무언가가 흘러내렸다. 아뿔싸. 나는 기관지 알레르기가 있는데 한동안 잠잠하더니 하필이면 지금, 이토록 기다린 미팅자리에서 콧물이 흐를 줄이야.

알레르기 콧물은 귀엽게 훌쩍일 수 있는 정도가 아니다. 폭포처럼 줄줄 쏟아져 내린다는 표현이 더 맞다. 나는 당황한 기색을 최대한 숨기고 한 손으로 더듬더듬 급하게 티슈를 찾았다. 클라이언트에게서 눈을 떼지 않은 채로. 티슈로 한쪽 코를 막고 나머지 한 손으론 대화 내용을 메모

해가는 내 모습이 정말 우습다 못해 안쓰러워 보였는지 보다 못한 클라이언트가 먼저 물었다. "혹시 코피 나세요?", "아니요, 다행히도 코피는 아니고 콧물 때문에…" 어렵사리 '콧물'이라는 두 글자를 입에서 꺼냈다. 첫 만남에 콧물을 보이게 될 줄이야. 내 이야기를 들은 클라이언트는 다급하게 두루마리 휴지를 가져다주셨고 괜찮으면 코에 끼우는 것도 좋을 것 같다는 부끄러운 제안도 해주셨다. 첫 만남에 휴지로 코를 틀어막은 채 세 시간 동안 낑낑대며 잊을 수 없을 미팅을 마치고 나왔다. 멋진 신사옥을 빠져나오자마자 콧물은 깔끔하게 멈추었다.

'콧물 때문에 오늘 하루를 망쳐버리다니', '혹시 클라이언트 핸드폰 속에 '코찔찔이 작가'로 저장되는 건 아닐까' 혼자 상상의 나래를 펼치며 집으로 돌아왔다. 양치를 할 때도, 잠옷으로 갈아입고 침대에 누워 잠이 들기 직전까지도, 오늘의 부끄러웠던 일들이 자꾸만 생각나 잠에 쉽게 들지 못했다.

다음 날, 클라이언트에게서 메일이 왔다. 어제 일이 생각나 실눈을 뜨고 조마조마한 마음을 안고 메일을 열어 보았는데, 첫 기획 단계 때보다 더 큰 제안을 해왔다! 본래 한

컷을 그려달라는 제안이었는데 두 달 동안 연재하는 방식으로 해보자는 프로젝트 제안을 받은 것이다. 콧물 때문에 창피해 죽겠는데도 미팅을 무사히 해냈구나, 하는 기쁨에 즐거웠다.

하루의 시작과 끝이 완벽하도록 애쓰던 나였다. '콧물 미팅'은 떠올리기만 해도 너무 생생해서 아찔하고 발을 동동 구르게 만들지만 망한 줄만 알았던 하루가 실은 꽤 괜찮은 하루였던 경험은 나에게 큰 깨달음을 주었다. 아쉬운 만남이 더 오래간다는 말처럼, 완벽하기는커녕 우스꽝스러웠던 미팅의 기억이 더 특별하게 여겨진다. 그래도 혹시 모르니 알레르기 약은 꼭 챙겨 다니기로 한다.

전화 낙서

저녁 11시, 하루를 정리하고 있는데 전화가 걸려 왔다. 친구다. 이 친구의 전화만큼은 방문을 꼬옥 닫고 온전히 집중하고 싶다. 서둘러 자리를 잡는다. 휴대폰 너머로 들려오는 목소리에는 달큰한 취기가 묻어난다. 회식을 마치고 돌아가는 길에 문득 내 생각이 났다는 친구. "회식, 정말 오랜만에 들어보는 단어네" 친구는 오늘 먹은 맛있는 음식이며, 회사에서 지루하고 따분했던 일이며, 최근에 관심이 생긴 책에 대해서 두서없이 이야기를 쏟아낸다. 서로의 이야기를 들으며 깔깔 웃다보니 어느새 휴대폰이 뜨거워져 있고 배터리 부족 알림이 뜬다. "더 자세한 이야기는 만나서 나누자"며 아쉽게 전화를 끊는다. 어느새 내 앞엔 정체 모를 그림 하나가 완성돼 있다.

나는 전화가 오면 종이와 펜을 찾는다. 손이 심심해서 찾는다고 하기에는 너무도 필수적인 준비 자세다. 통화를

STANDARD

STANDARD
LOVE
DANCE

Hi

LOVE

SUNDAY

SLD

CHERRY PIE

하며 의식의 흐름에 따라, 말하고 듣는 내용에 따라 자유롭게 손이 움직인다. 선도 형태도 엉망으로 낙서를 하는데 어쩌나 많이 쓰고 그리는지 종이가 찢어지기도 한다. 오늘의 전화 낙서를 보니 책상 앞에서 일을 하는 모습을 그려놓은 것 같다. 이 친구와 통화를 하며 책상 앞에서 무표정으로 일하는 모습이 떠올랐나 보다. '요즘 내 모습 같기도 하고…' 낙서를 한참이나 멍하니 바라본다.

전화 낙서에는 스케치나 계획, 구도, 컬러링, 어떠한 것도 없다. 어쩌면 가장 마음 편히 그림을 그리는 순간일 거다. 이렇게 그린 그림들이 한가득이라, 모아놓고 전시를 하고 싶다는 생각도 했지만 전화 내용에 따라 엉망진창인 것들이 많아서 그만 두었다. 나는 그림을 그리는 사람이고 그림을 좋아하지만 때로는 그림 때문에 힘겨워하고 지치는 순간도 많다. 어쩌면 그래서 더더욱 '열심히'가 아니라 '마구' 그리는 시간을 온전히 즐기기 위해 전화가 오면 필사적으로 종이와 펜을 찾는지도 모른다. 스트레스를 푸는 나름의 방법인 모양이다.

오늘만큼은 그림을 그리지 않고 쉬어야겠다고, 아무것도 못 그릴 것 같다고, 조금 끔찍한 기분까지 들었던 날인데

♡

친구와 전화 통화를 하며 두서없이 이야기를 나누면서,
그려놓은 삐뚤빼뚤한 선, 알아볼 수 없는 그림을 보고 있
으니 자유로움일까, 해방감일까, 마음이 후련해진다.

♥

♡ 꿈 상자
열어보기

♥

어느새 어른이 되었지만,
리멤버 유어 걸후드

　　나는 오늘도 변함없이 우당탕탕 정신없는 하루를 살고 있다. 오늘은 어떤 작업을 해야 하는지, 어디까지 진행이 되었는지 수시로 기록하지 않으면 기억이 증발해버리기 때문에 손에는 늘 펜이 쥐여 있다. 기록하고, 그림을 그리고, 적고 또 적고. 손이 한시도 가만히 있질 못한다. 마치 어릴 적 나의 모습처럼 말이다.

　　책상 앞에 있는 시간이 좋다며 노래를 부르던 어린 시절의 나는 집과 스튜디오에 각각 책상을 마련해둘 만큼 욕심쟁이 어른이 되었고, 쭈뼛쭈뼛 문방구 안을 몇 시간이고 서성이던 어린 시절의 나는 문방구 사장이 되었다. 한없이 어설프고 엉뚱하던 나의 어린 시절을 애틋이 품고 살다보니 전혀 상상도 못한 어른이 되었다. 물론 해를 거듭할수록 한 살 한 살 나이도 먹고, 많은 변화도 생겨나고 새로운 모습도 생겨나지만 여전히 나에게는 내가 좋아하는 어린 시절의 모습이 남아 있다. 어린 시절의 내가 조금씩 빛이 바래 옅어질까 벌써부터 아쉬운 마음도 들지만, 지금 이 순간도 미래의 나에게 어린 시절이 되리라는 생각에 하루하루를 소중히 하기로 했다.

스쳐 지나갈 뻔했던 작은 내 기억의 조각, 의식하지 못한 나의 습관, 취향, 버릇, 그리움 한편에 먼지 쌓인 일기장, 별다를 게 없이 잔잔하고 평범한 하루까지 《작지만 반짝반짝》이라는 과분한 이름으로 묶여 세상에 나오게 되었다.

작가의 말

막연히 써내려간 일기가, 무모하게 그려온 그림이, 시간이 흘러 지금의 나에게 책이라는 형태로 나타나 내 마음을 두근거리게 한다. 과거의 작은 조각들이 모여 큰 선물을 안겨주는 것 같아 미묘한 감정들이 교차한다. 기록하고, 그림 그리길 잘했다고 마음을 도닥여본다.

앞으로도 나는 어른 나이가 되었다고 어른 흉내를 내려 힘쓰지 않을 거다. 어린 시절 마음 안에서 빛나던 '무엇'을 소중히 간직하며 살아도 괜찮다고 끊임없이 내 자신을 응원해주며 살아가려 한다. 내 모습과 내 취향을 지켜내며 단단한 어른이 되자고, 작지만 반짝이는 것들을 오롯이 껴안아 품으며 살아가자고, 오늘도 내일도 그리고 앞으로도 누구보다 나를 응원해줄 거다.

언제나 묵묵히 나의 옆에서 나의 무모함을 응원해주고 믿어주는 짝꿍에게 감사하다는 이야기를 전하고 싶다. 그리고 내가 계속 그림을 그릴 수 있도록 끊임없이 응원해준 나의 작은 공공이들, 지독히도 많은 것을 마음에 품은 덕분에 지금의 삶을 살아갈 수 있게 해준 어린 시절의 '이공'에게 이 책을 바친다.

그럼 나는 다시 그림을 그리러 가야겠다.
언제나처럼 평범한 그 책상으로, 펜을 들러 간다!

♡ 2020, 이공

당신의 보물 상자에는
무엇을 담고 싶나요?

KI신서 9076
작지만 반짝반짝

1판 1쇄 발행 2020년 4월 29일
1판 2쇄 발행 2021년 2월 10일

지은이 이공
펴낸이 김영곤
펴낸곳 ㈜북이십일 아르테

콘텐츠개발팀장 장인서
영업본부장 한충희
출판영업팀 김한성 이광호 오서영
제작팀 이영민 권경민

출판등록 2000년 5월 6일 제406-2003-061호
주소 (10881) 경기도 파주시 회동길 201 (문발동)
대표전화 031-955-2100 팩스 031-955-2151 이메일 book21@book21.co.kr

ⓒ이공, 2020
ISBN 978-89-509-8758-9 (03810)

㈜북이십일 경계를 허무는 콘텐츠 리더

21세기북스 채널에서 도서 정보와 다양한 영상자료, 이벤트를 만나세요!
페이스북 facebook.com/jiinpill21   포스트 post.naver.com/21c_editors
인스타그램 instagram.com/jiinpill21   홈페이지 www.book21.com
유튜브 www.youtube.com/book21pub

서울대 가지 않아도 들을 수 있는 명강의! 〈서가명강〉
네이버 오디오클립, 팟빵, 팟캐스트에서 '서가명강'을 검색해보세요!